開高

オーパ!を歩く

増補新版

菊池治男

河出書房新社

「おまえが今もっている杯のことにも触れないつもりだ。昔言っていたように、それが天から落ちた石だと言うことにしよう。」

ウンベルト・エーコ『バウドリーノ』（堤康徳・訳）

まえがき

作家の取材旅行に随行する編集者の仕事というのは、基本的には雑用の山である。

開高健はわたしに「担当編集者」兼「大蔵大臣」兼「親玉の秘書」兼「ツアコン」など、たくさんの肩書をつけてくれたが、その時々どれに力点があるかは別として、旅がいい原稿に結びつくために、同行編集者がやるべきとされる仕事は少なくない。有能で気の利く人物ならなおさら、「やるべき」ことに「やれる」ことが加わってどんどん仕事は増え、その分、作家は自分の関心事に集中できる。もちろんいっしょに行く作家の性格や旅の仕方による部分は大きいが、まず一般的に言って、気苦労は絶えないし、辛抱もいる役目である。

ただ、わたしの場合、なぜこんなに肩書がたくさんになったかといえば、そのどれについても遺漏が多く、一言でずばりと言い切るには中途半端すぎる、と開高さんが思ったからだっただろう。

わたしの随《したが》ったのは、自分でどこへでも出かけ、ルポルタージュやノンフィクション作品を書いてきた人である。旅に必要な手続きや準備、取材費のやりくり、旅先での人材の確保、同行カメラマンとのコミュニケーション……。日本からの随行員がいなくても、実質、困ることはほとんどなかったはずだ。

だから、開高さんはわたしのこの、諸事万端ぬかるみの中を行くような、はなはだ気の利かない性格をすぐ見抜き、旅の始まったばかりのころに、あきれた顔でこう言った。

「……ザルの如き人物」

その口調に非難するような色は薄かったが、表現があまりに適切なのに感じ入って返す言葉もなかった。

『オーパ！』は、開高健が南米の大河アマゾン流域やパンタナル大湿原を、釣り竿をかついで旅した六十五日間の記録である。タイトルには、〈何事であれ、ブラジルでは驚ろいたり感嘆したりするとき、「オーパ！」という。〉という言葉が添えられている。釣り紀行とか釣魚ノンフィクションというジャンルに入れられるが、刊行後三十年以上も読み継がれる、より広い意味での紀行作品として評価されることも多い。

一九七七年から七八年にかけて男性月刊誌に連載され、ベトナム戦争のルポや濃密な純文学作品で知られる著者が挑んだ、空前のスケールの旅のノンフィクションとして大きな話題を呼んだ。

さらにこのアマゾン紀行はビジュアル誌の連載だったこともあり、写真とのコラボレーションも大きな特長だった。旅に同行したのは気鋭の若手カメラマン・高橋曻。その写真をふんだんに入れた大判の単行本は、連載後まもなく刊行され、高価な本だったにもかかわらず、たちまち版を重ねて出版界を驚かせた。

この成功を受け、開高健による釣魚紀行は「オーパ、オーパ!!」としてシリーズ化され、その男性誌の看板企画の一つとなった。これは企画としては当初、ブラジル・アマゾンを再訪する「オーパ！　ＰａｒｔⅡ」の位置づけだったが、紆余曲折の後、舞台をアラスカ、カナダ、コスタリカ、スリランカ、モンゴルへと広げていった。

入社二年目、当時所属していた雑誌の編集長に声をかけられ、ザルそのままに準備段階のアマゾン行に参加した。このときに始まった「開高健体験」は、新米編集者としても二十代の男としても、後戻りのできないほど強烈だった。さらに御大将の「旅の途中で馬は乗り換えるな」の一言があって、その後の、文章化された「オーパ、オーパ!!」の旅のほとんどにも同行することになった。一九八九年の別れまで、足掛け十四年。夢中になってその後ろすがたを追いかけているうちに、開高健との旅の延べ日数は三百数十日になっていた。

アマゾンで過ごした日々は、それらの旅の中でも図抜けていた。破天荒でにぎやかで、桁《けた》が外れて明るかった。

初めてこの流域を歩いて三十三年、改めて、随行者としてではなく旅をしてみたいというのが、定年退職が見えてきたここ数年の願いだった。本文にも書いたけれど、色々な意味で三十三年は長い。人ひとりの会社人生のほとんどがすっぽり入ってしまいかねない。その間に、開高さんだけでなく、いっしょに旅したカメラマンの高橋さん、連絡将校役で参加した菊谷匡祐さんが亡くなった。自分自身も御大将と同じ疾患で手術を受け、その後遺症を抱え込んだ。

開高健という存在を思い切り思い出したかったし、旅の日々を確認してみたかった。引きずっていたり、後で思い当たった疑問についても追いかけてみたかった。きっと体力的にも最後の機会だろうと思いながらブラジルに向かった。

だが、最終的にこのかたちで原稿を書こうと思ったのは、アマゾンの河口で入院した病室で、だった。部屋の窓から見える景色は限定され、行動は制限され、窓の外で展開されているはずの破天荒で明るい時間は、もう一度近づくことの叶うものではなかった。その距離感がどうしようもなくわかったので、書くことの原資となるのは、自分の中にある開高健の記憶しかないと思い直すことができた。

自分のために整理を始めてみると、記憶の層が三つある。

A、最初にアマゾンを旅した六十五日間の記憶

B、その後十数年にわたった、日本を含む各地での開高健の言動やすがたの記憶

C、今回の、三十三年後のブラジルを旅している記憶

資料や手紙、メモ類は多少残っているが、日記をつけなかったわたしにとって、AとBは基本的にかなり断片化し、一部は「物語化」している。

自分の都合のいいように変形していたり、繰り返し思い出したことによって必要以上にかたちがくっきりしたり、抜け落ちるはずのないところが欠落していたり——。今回のCで昔と同じところを旅しながら、記憶というもののそうした性質にリアルに思い至ることがあった。

日付や場所のともなっていない記憶、前後の脈絡の思い出せない記憶、それら開高健とその旅についての記憶の断片群の中から、ひときわ輝いて見えたり、長く問いかけ続けてくるものを拾い上げようとした。

また、そのさい、時間軸を必要以上に混乱させない書き方を、ついに思いつくことができなかったので、

Aの旅程にそって、Cの体験、知見を交えて書きながら、
Bは、その順番に関係なく、シーン、エピソードとして、そのときどきに挿入し、
Cの旅からも必要なものを、断片化した記憶が他の人に伝わる「物語」になるように援用する、

という書き方をすることにした。いわば三色の絵の具があって、色が混じり合っているところもあるのだが、文中ではその都度ことわることはしていない。

また、開高さんに教わった「作法」にしたがって、書く上での「しばり」を自分なりに設けた。つまり、オリジナルの『オーパ!』本文そのままの引用は、終章での一か所を除いてなるべく避け、写真キャプション(説明文)からだけに限ろうと努めた。

それは、キャプション類がすべて開高健自身による口述だったということもあるが、コピーとして一つひとつ独立しているし、その付けられた写真については、ほとんどの場合〝にわかカメラマン助手〟のわたしもその場にいたので、別の角度で思い出すことも多いからだ。

なお、本文では開高健の呼び方として主に「小説家」を使った。それが、ご本人が自分の呼称としてもっとも使われたかったものだと、わたしには思えるからだ。初対面の人に自分を紹介するとき、あるいは電話で名乗るとき、「小説家の開高です」と言うのを何度も聞き、目撃もした。

「大きい説ではなく、小さな説を書いて飯を食うてます、開高です」とは言っても、「作家の開高です」と言ったのを聞いたことがない。

亡くなって二十年以上経ったが、開高健そのものから「卒業」する気持はないし、できるとも思わない。しかし、ずっと自分の中で終わらず、専門科目のようになってしまった「オーパ！」の旅については、そろそろ「卒論」を書いてもいいかと思うようになった。

むやみに「祀り上げる」でもなく、必要以上に「引きずりおろす」でもない視点を、「小説家」という呼び方に込めようとした。

開高健とオーパ！を歩く

〈増補新版〉

◉

目次

装幀——水上英子
写真——高橋　昇

開高健とオーパ！を歩く

〈増補新版〉

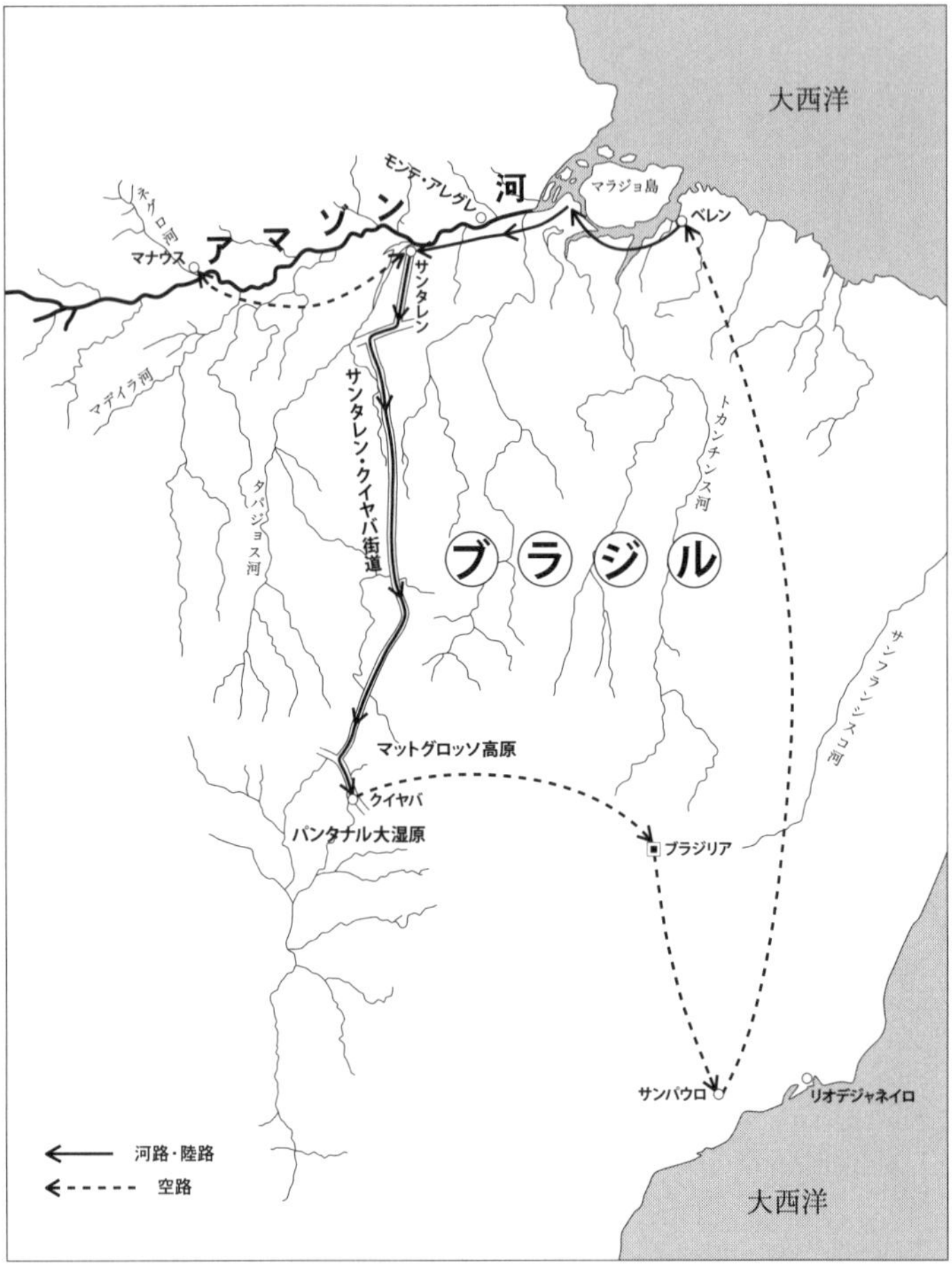
大西洋
モンテ・アレグレ
河
マラジョ島
ベレン
ネグロ河
アマゾン
マナウス
サンタレン
マデイラ河
サンタレン・クイヤバ街道
トカンチンス河
タパジョス河
ブラジル
サンフランシスコ河
マットグロッソ高原
クイヤバ
パンタナル大湿原
ブラジリア
サンパウロ
リオデジャネイロ
河路・陸路
空路
大西洋

オーパ!の旅程

序章　――旅程と登場人物について

一九七七年のブラジル・アマゾン紀行は、日数としては六十五日間の旅だったが、実際の行程から見てみると、移動した距離は飛行機で飛び回ったのも含めて一六〇〇〇キロ（単行本の宣伝文）。

小説家はこの紀行文の、第一章「神の小さな土地」の冒頭と終わりの二か所以外、具体的な日時を入れていない。船で河の上に出て、何日も何日も「サッポ（＝ポルトガル語のカエル）」や「ジャカレ（＝ワニ）」並みの「水陸両棲」生活をしているうちに、日付や曜日は意味を失った、ということもあるだろう。あるいは、小説家独自の表現上のルールがあったのかも知れない。（作品ごとに独自のルールを自分に課すことが、小説家の意識的に取っていたスタイルの一つだったことは後で触れる。）

まずここでは、わかる範囲で旅の日付を補いながら、その行程を概観してみたい。

八月八日（一九七七年　以下同）
羽田国際空港からパンナム８００便に乗り、ニューヨークＪＦＫ国際空港で機を乗り換え、さらにリオデジャネイロを経由して、現地時間八月九日にサンパウロに到着。
ここで、この旅の仕掛け人の一人で、サンパウロ在住の作家・醍醐麻沙夫さんと合流。醍醐さんはこの旅の基本的な設計者であり、その後の全行程を共にしてくれた。

八月十二日
一行は五人となって（メンバーは後述）、サンパウロから飛行機でアマゾン河口の街・ベレンへ。サンパウロ・ベレン間は小説家の表現によると「東京・シンガポールとほぼ同じ飛行時間」。ここで、一行はアマゾン河と初めて出合うことになる。
ベレンの近くに、マラジョ島という大きな「川中島」があり、一行は熱帯生活への暑熱馴化を兼ねて、テコテコ（＝現地語で小型飛行機）でこの島の牧場に飛んだ。二泊し、観光的なピラニア釣りやワニ狩りなどを経験。ただし、ここでのことについては、ムクイン（猛烈に痒いダニ）のこと以外、小説家はほとんど本文で触れていない。

八月十八日
夜、定期船「ロボ・ダルマダ」号でベレンを出航。アマゾン中流域にある町・サンタレンまで、約八〇〇キロ、三晩四日の船旅だった。船は水路を走ったり広いところに出たり、ジャングルの脇を通ったり、途中の集落に近づいたりしながら、アマゾンという大河の様々な相をじわじわと一行の身体に浸み込ませてくれた。

八月二十一日
早朝、サンタレン着。河岸にあるドイツ系ブラジル人老夫婦の経営する、旅館《はたご》といった風情のホテル「ノーヴァ・オリンダ」にベースを構える。ここで、日系人で一行の現地ガイド役を買って出てくれた森昭男さんと合流。
サンタレンは、アマゾンの釣りと取材のすべての基点となった。焼玉エンジンの木造船「モンテ・カルメロ」号（乗組員三人、十五トン級）を借り切り、その舷側《げんそく》に釣り用のカノア（カヌー）をくくりつけて、一週間から十日の「航海」に出た。ピラルクーを始め、ピラニア、トクナレ、タンバッキーといった魚はこの船の行く先々で出合った。小説家の本文には、この近辺の地名として、ラーゴ・グランジ、クルアイ、モンテ・アレグレなどが出てくる。いずれもサンタレンから船で一晩から一昼夜はかかる距離。

八月二十七日
日本から来た読者チームとの交流会（雑誌の宣伝企画）のため、いったんサンタレンに戻り、マナウスへ飛んだ。「トロピカル・ホテル・マナウス」という超一流ホテルに一泊して、サンタレンの釣り場へとんぼ返り。

八月二十九日〜九月十四日
ピラルクー、巨大ナマズ、肉食ドジョウ……、アマゾンでしか出合えない「驚異」を求めて、モンテ・カルメロ号での出撃を繰り返した。サンタレンに戻ると、みんな揺れないベッドでひたすら寝た。

九月十六日
サンタレン・クイヤバ街道を南へ向けて出発。アマゾン流域から大湿原パンタナルへ。乗用車一台、小型トラック一台、街道沿いの農場の日系人の家や、モーテルに泊まりながら、一七七四キロ、ひたすら赤い土ぼこりの道を走った。

九月十九日
朝、クイヤバ着。「サンタ・ローザ・パラセ・ホテル」宿泊。
ここを拠点にして、小型機でパンタナルの釣りロッジやコテージに入った。この鳥獣虫魚の宝庫は一部が自然保護地域にもなっていて、ボートなどアマゾン（とくにサンタレン近辺）よりは整備されていた。
ここでも、始めのうちドラド釣りは苦戦を続けた。耳寄りな釣り情報を頼りに、パンタナルの中を流れるサン・ロレンソ河（ラ・プラタ河の上流部）のあちこちをモーターボートでさまよった。小説家の本文にはポルト・ジョフレ、アカムパメントといった地名や場所名が出てくるが、地図上では確認できなかった。

十月二日
昼、クイヤバから空路ブラジリアへ。「アラコアラ・ホテル」に宿泊。
小説家にとってだけでなく、大自然での釣りと冒険は、成人《マン》サイズのドラドを釣り上げたパンタナルで終わっており、一行は一種の虚脱状態にあったかも知れない。大ミミズを掘ったり、牛を丸ごと使ったシュラスコ大会などを仕掛けたりした。

十月七日
空路サンパウロへ。行きと同じ「フジ・パラセ・ホテル」宿泊。
小説家は珍しく、「スターンの店」でおみやげに特産の宝石を買った。

十月十一日

日本航空のチャーター便（日系人が団体で使用）に乗せてもらって日本へ。

十月十三日
プエルトリコのサンファン、ニューヨークＪＦＫ国際空港経由、帰国。

地図上で跡づけてみれば、ブラジル国内を、サンパウロを起点と終点にして、反時計回りに一筆書きして回っている。南緯一度とか二度にあるアマゾン流域はもちろん、パンタナルやクイヤバも暑さでいえばやはり熱帯で、この時期は乾季にあたる。南半球の温帯にあるサンパウロへ帰ってくると、夜は肌寒いくらいだった。ブラジルは日本のスケールを超えて広大だ。

しかし小説家はこの旅程の時間軸に沿って旅を書くことをしなかった。

＊

単行本『オーパ！』の初版は一九七八年十月末に出版された。
横の幅がＡ４と呼ばれるサイズで縦がＡ４のそれより少し短い、Ａ４判変型。総ページ数二百十二ページ（引き出し写真四ページ付）。表裏４色のページと表４色・裏１色のページをうまく組み合わせた豪華な写真集の造りで、一冊の重さが一・三キロ以上ある。発売時の定価は二八〇〇円。消費税導入の十年以上も前だったが、いまの感覚でいえば四〇〇〇〇円を超えるだろう。
その最後に、小説家を除くオーパ！隊のメンバー四人の紹介ページが付けられていた。本文の中にこれらのメンバーがしばしば登場し、しゃべったり行動したりしているので、あったほうがいいと判断されたのだろう。物語の語り手である小説家によるコメントが付いている。（このページは八一年初版の文庫版にはない。）

醍醐麻沙夫　四十二歳。在サンパウロ。昭和四十九年下期「オール讀物」新人賞を受く。ブラジルに渡ってからの年数、経歴は諸説さまざま。釣りのマニヤだが、オカ釣り、夜釣りに偏るむきがある。

菊谷匡祐　四十二歳。フリー・ジャーナリスト。芥川賞作家を目ざしている。もみあげと笑窪が自慢。ピラーニャ釣りにたちまち長ずる。四児の父。

菊池治男　二十八歳。「ＰＬＡＹＢＯＹ」編集部員。このパーティでは大蔵大臣を務める。アロワンナ、スルビンなどのお化け釣りに抜群の冴えを見せた。自称独身。

高橋　曻　二十八歳。篠山紀信門下生。婦人科をはじめ全科をこなそうと意欲する。顔の皮が踵の皮ぐらいに厚いが、目が子供のように澄んでいるというのが本人の主張。すべての優秀なカメラマンと同じく、助平にドがつく。

（＊年齢は当時、数字のみ漢数字に替えた）

サンパウロで再会した醍醐さんも含めて、三十三年後の旅の同行者は、亡くなった開高さん、菊谷さん、高橋さん、そして二十八歳の自分、と思って以下に臨んだ。

第一章　河は動く道である

リベルダージは坂の町だった。

赤い大きな鳥居やちょうちん型の街灯が、ややキッチュな日本情緒を醸し出すこの地域。旧日本人街の中心・ガルボンブエノをふくむ三本の通りからなるリベルダージ地区は、ちょっとした丘陵の上を切り拓いて造られていた。

一九二〇年ごろ、サンパウロの日本人移民が多く住むようになったというこの一角は、一九七七年、開高健とその一行がここにブラジル最初の宿を取るころには、まだ「日本人街」と呼ばれていた。三十三年後のいま、ここは「東洋人街」と呼ばれる。

上り下りのあるガレた石畳の歩道を行き交うのは、ほとんどが東洋系の風貌の人たちだった。ただ、耳を澄ましてみると、交わされる会話は日本語とは限らない。ポルトガル語、中国語や韓国語らしい言語、明らかなスペイン語。

姉妹か友人同士らしい年配の女性二人が、足をかばいながら、坂道をゆっくり上ってくる。彼女たちは東洋系だが、日本人とは限らない。といってポルトガル語を話しているから日系人ではないともいえない。土曜日のお昼時。ここは週末、バザールのような市も立ち、街の外からの人出や観光客で混雑する。

一九七七年、小説家はこの町の理髪店で頭をクルーカットのように短く刈ってホテルに戻って来た。羽田を発ったとき——成田空港の開港はその翌年だった——、そのころの写真で見る開高健のように、前髪がはらりと額にまで垂れるスタイルだった。この街でいわばベトナム仕込みの「ジャングル仕様」に変身したのだ。

小説家はこのとき、四十六歳。

三十代で小説『輝ける闇』を書き、代表作『夏の闇』を発表してからもすでに五年が経っていて、それに続く「闇」三部作最後の小説の完成が待たれていた。一方で『ずばり東京』『ベトナム戦記』『フィッシュ・オン』といった、それまでにないルポルタージュの書き手として注目されていた。

『オーパ!』第一章「神の小さな土地」は、アマゾン河口の街・ベレンから中流域の町・サンタレンへ向かう定期船「ロボ・ダルマダ」号（三〇〇〇トン）——小説家は〝無敵艦隊のオオカミ〟と訳した——の出航場面から始まる。

わたしたち五人は、「一等」の個室を二つ借り切った。

一つには小説家（開高健）と、サンパウロ在住で案内役の作家（醍醐麻沙夫）、それに、小説家の友人で連絡将校役（菊谷匡祐）の三人。もう一つには山のような釣り道具や撮影機材に埋もれて、カメラマン（高橋曻）と編集のわたしの二人が寝起きしていた。

この三晩四日の船旅を、大アマゾンへのイニシエーション（入会儀礼）に選んだ案内役の眼は確かだった。

夜ベレンの岸壁を出た船は、夜の間、かすかに向こう岸——巨大な川中島である——の見える水路を走り、翌日になると、両側が見えない、ただ茶色い膨大な水流のなかに出ていた。

船の右舷に出ると視界の上半分は空、下半分は茶色い水が占めている、そんな水域があった。左舷に出ても上半分が空、下半分が水のままが続く。この視界の下半分を占める膨大な、茶色いアマゾン本流の水は、常に一方に流れ、寄せては返す海とはまったく違う、独特で圧倒的な存在感だった。

たまに陸地に近づくと、そこには岸辺の分厚い緑の壁のようなジャングルを拓いてできた小さな集落がある。

水辺には部屋の中まで丸見えの家や、洗い場兼用の船着き場があり、手漕ぎのカノアが何艘も大急ぎでこちらに向かって漕いでくる。

緑の壁は切り立って見え、岸辺にしがみつくように建てられた高床式の家は、少し力を抜くと水の中に滑り落ちそうだった。

見慣れない鳥が飛んでくる。森の燃える煙が見える。焼玉エンジンを響かせた小船が喫水目いっぱい沈んで走っている。

水路が切れ込んでいるところに来ると、岸辺のジャングルの底知れない奥深さまでが垣間見えた。

「河は動く道である。」

この「航海」の間のどこかで撮られた写真に小説家はそんなキャプション（写真説明）を付けている（44〜45頁／12〜13頁。前が単行本、後が文庫の頁を示す）。


「おーい。朝飯、食いに行かへんか」

毎朝、小説家が眠りこけているわたしたちを起こしに来る。

ロボ・ダルマダ号にはチケットでは一等と二等しかないが、船自体は三層になっていた。甲板の前半分に二階建てのアパートが乗っているような構造で、二階建てになっていない甲板には屋根がついている。個室は四人部屋が、二階と三階に二十ぐらいずつ並んである。

「二等」の客は、屋根のある甲板か、風通し窓のある船倉に持ち込んだ自前のハンモックを吊るして寝る。一行がおさえたのは一階の左舷の二部屋で、船首一階にあった共同食堂に近かった。

船旅を始めて、改めていくつか感じたことがあった。

まず、小説家は眠りがこま切れである。ベッドの上でグラスを傾けながら元気よく話をしてい

河は動く道である。
（高橋昇撮影『オーパ！』集英社、より。以下同）

るかと思うと、気づけばコトンと寝ている。そのかわり、またすぐ起きて、なにごともなかったように先ほどの話の続きを始めたりする。

毎朝起こしに来るのも、妙な時間に目が覚め、時間をつぶしているあいだに腹が空いてしまうのだろう。食堂は客の全員が入れるような大きさではないので、入れ替え制になっていた。

小説家が書いているように、この食堂で供される三度三度の食事は、基本的にはブリキの食器に肉や魚料理とアロス（米）をよそう「混ぜ飯」スタイル。

「諸君、食事のときは各自、第一級礼装のこと！」

Tシャツに半ズボン、しかし足元は白いソックスとアディダスのスニーカーできめた小説家が宣言する。レストランではサンダル履きはドレスコード違反だと聞いて、「うーん、宗主国の習慣の名残りか。ここは熱帯やけどヨーロッパでもあるんやね」

たちまち面白さ（サムシング・スペシャル）を発見する。

この食堂の料理がさほどのものではないと喝破すると、こんどはテーブルに置いてある調味料の「モーリョ・デ・ピメンタ」に興味を集中させる。

「これは、辛くてうまい。この正体はかけるサラダか」

色とりどりのピメンタ（トウガラシ）をきざんで酢や油や酒に漬け込んだソースで、これはどのレストランにも食堂にも置いてあった。ほとんど自家製らしく、ピメンタだけでなく、タマネギや香草類の入ったのもあって風味も辛さもそれぞれ。小説家はこの変幻自在さを面白がり、以降、行く先々で〝モーリョ・デ・ピメンタ学〟の研鑽にはげんだ。

——この人の物事に対する面白がり方はすごい。

わたしはばくぜんとそう感じ始めていた。

小説家はにぎやかな人だったが、黙り込むこともあった。黙ってじっと、身じろぎもせずに見つめた。

貨客船の甲板の手すりに並んで寄りかかり、小説家の様子を見ていたことがある。小説家は船から見える万象について哲学者の寸言から冗談まで、あるいはまったく関係がない観察まで、ほぼ休みなしに語ってくれて、ふと黙り込んだ。口の両端が少し上に上がるので笑いかけているようだが、そうとは限らなかった。そのままじっと何かを見ていた。

その視線の先に特に目を引くものがあるとも限らない。いちばん近いと思われる想像は、そのとき小説家が自分の中の言葉の世界をさまよっていたのではないかということだ。しかし、そう思うようになったのは、小説家との旅が二年、三年と続いた、はるか後のことだ。

アマゾンの旅のそのころは、この人はどういう人なのだろうと、それを少しでも知ろうと必死だった。

小説家と初めて会ったのは、旅の一年半前の一九七六年春。「PLAYBOY日本版」（発行・集英社）の創刊編集長だった岡田朴さんに連れられて神奈川県茅ヶ崎の仕事場――いまは開高健記念館になっている――にうかがった。PLAYBOYはその前年七五年五月に創刊され、本格的な男性月刊誌ということで大きな話題を呼んでいた。

この雑誌は、男性には大いに受けたが、女性にはあまり評判が良くなかった。アメリカ版の女性のヌードがたんまり載っていたからだ。創刊号の吉行淳之介から始まって、有名作家による読み切り短編小説も大きな売りの一つだったが、編集部内にもファンの多かった開高健は難攻不落と言われていた。岡田編集長が電話をかけても、「開高は舞台を選びます」という奥さんの牧羊子さんの一言で、それ以上先へは進めなかったそうだった。

あらゆる伝手を辿るうち、のちに『オーパ！』の旅にも連絡将校役として同行する菊谷匡祐さんの仲介もあって、なんとか、「アマゾンに釣りに行こう。でも、毒蛇は急がない。急いではいけませんぞ。それに、取材費はケチったらあかんで」というところまで来ていた。

入社三年目に入る直前だったわたしは、岡田さんから「今度開高先生に会いに行く。君は連絡係としてついて来なさい」と声をかけられた。いまはコピーボーイ（雑用係）の君もこれから一編集者として大作家の方々ともお付き合いする機会があろう、その場数を踏まなければいけない——そうは言わなかったが、そうした親心めいたものはあったはずだった。

わたしはわたしで、そう聞くと気が楽だった。なにせ、単なる連絡係だから。編集長の意中には開高番となるはずの別の編集者がいるのだから。

しかし、初めて会った開高健に、わたしは文字どおり口がきけないほどシビレた。

午後一時ごろだというのに、小説家はすでに先客——たしか文芸誌「すばる」の編集長になりたての水城顕さん（のちの作家・石和鷹）——と赤ワインをぐいぐいやっていて、どんぶり鉢は浮いていた。

岡田さんがわたしを紹介すると、小説家はちらっとこちらに目をやって、すぐまた水城さんとの話に戻っていった。声はどなっているみたいに大きく、「タハッ」とか「ウホッ」とか入る感嘆詞にも音圧があって、一度聞いたら忘れられない声。眼は少し釣り上がり気味で、鋭く、ときどきちらっとわたしのほうを見通してくる。しゃべり口調ははっきりとした関西弁なのに、そこになぜか中国語みたいな訛りがまじる。ビールはペイチュウだし、ワインはプータオチュウになっている。

そのしゃべりの語彙の華麗さ、風通しの良さ、知的射程のスケール、描写の猥雑な美しさ。開高健の文章がそのまま、呵々大笑を何度もはさんで、テーブルの上に展開、発散していく。呆気にとられるしかなかった。酒宴が進むうちに、その鋭い視線が、笑うとなんとも言えない優しさを帯びるのに気がついた。

茅ヶ崎からの帰りのことはよく覚えていない。緊張と感嘆の合わさった高揚感もあって、すすめられるままにワインやウイスキーをがぶ飲みし、泥酔してしまったに違いない。何も聞かれた記憶がないし、何もしゃべった記憶がない。

ところが、それから何日も経たないうちに、小説家から直接わたしあてに頻々と電話が入るようになった。

＊

今回、『オーパ！』から三十三年後のブラジル・アマゾンを旅するにあたって、ばくぜんといくつかのテーマを立てた。それは、始めは単に、目的もなしに歩くよりは面白いだろうと思ったからだった。仮説を持たないインタビューは、パンツをはいていないなんとかに似ている、と。

わたしはかねてから気になっていたことを三つにまとめた。

（一）開高健とその一行が飛び込んだ一九七七年のブラジルやアマゾンは、いったいどんな時代だったのか。
（二）開高健はなぜ『オーパ！』が書けたのか。
（三）わたしはその旅に同行したことになっているが、果たしてそれは本当だろうか。

（一）はともかく、（二）は答えのわかりっこない無謀な設問だし、（三）はちょっと間が抜けているので、すこし言い訳をさせてもらうと、（二）は、同じ時と場所を見聞していながら、また、これだけ多くの面白い事象をあえて書かずに捨てたのを目の当たりにしながら、出来上がった作品の見事さに驚嘆した、随行者の感想である。
（三）は、「オーパ！に同行した編集者」を稼業のほとんどすべてにおいて享受して来たにもかかわらず、同行した事実とその後小説家の亡くなるまでに受け続けた愛顧、教え、叱責、恩義を忘れ始めている自分への問いかけである。

別の面から七七年の旅と今回の旅の、わたしなりの違いをならべてみると、

・三十三年という時間が経っていること。
・一緒に旅をした五人のうち、小説家も高橋カメラも菊谷さんも亡くなってしまった、ということ。それゆえ、ほとんどの旅程が単独行であること。
・当時二十八歳だった自分は、いまは定年退職したフリーの身であり、かつ、体重が五十キロ近くまで落ちた〝がんサバイバー〟であること。

＊

一九七七年、サンパウロに一行が着いたとき、機材の通関に手間取った。当時、ブラジルは「未来の大国」と言われ続けてはいたものの、まだ軍事政権下にある途上国だった。

機材が心配な高橋カメラとわたしは、そちらの手続きなどで税関にかよったりしていて、小説家たちと別行動することがあった。

なかでも、小説家たちと一緒に行きそこねて、後々まで残念に思っていたのが「ブタンタン研究所」だった。毒蛇、毒グモなどの研究施設として世界的にも有名で、それらの血清なども手に入れることができる。

案内役の醍醐麻沙夫さんは、アマゾンや大湿原パンタナルでの釣行経験も多く、ブラジル日系移民の取材にも時間を注いでいた。サンパウロ日系人社会の釣り師たちの意を受けて小説家に、

「一度ブラジルに来て下さい」と挑戦状めいた手紙を書き、それがこの旅のそもそもの発端になっていた。

醍醐さんは長い野外体験から、この開高隊の旅を待ちうける危険な生物にそなえて事前に血清を用意していた。そのことを話したら、小説家は「ぜひ見てみたい」と言ったそうだった。

三十三年後の旅でサンパウロを訪ねた際、醍醐さんと一緒にブタンタンへ行ってみた。サンパウロは、前日の暖かさとは打って変わって、肌寒い日曜日だった。南風が入っているのだという。南半球では、これは日本の「北風」にあたる。それに、いまは九月、春の始まりの季節だ。

ブタンタンでの見聞とその後の話から、自然に、その年の一月に亡くなった菊谷さんについての話題になった。開高健の古くからの友人で、「開高健と一緒にアマゾンに行けるなら」と外資系出版社の部長職を捨ててしまった人であり、後に『開高健のいる風景』などの著作もある、本来なら今度の旅でも一緒にいるはずだった人である。

開高隊の旅で、厳重な温度管理の必要なものが二つあった。一つは未使用や撮影済みの数百本のコダクロームフィルムである。これは全面的に高橋カメラの管理。アマゾンの暑さによる変質から守るために、どのベースでもかならず一部屋は冷房つきのものを借りっぱなし、船で出撃している間はそこに保管することをルールにした。

もう一つが、毒蛇用の血清だった。これは小さいクーラーボックスに入れて、抗生物質や他の薬類とともに、菊谷さんの管理だった。

幸い、旅の終わりまで血清の出番はなかったが、アマゾン河流域をピラルクーを求めてさまよっていたころ、抗生物質に出番があった。

ラーゴ・グランジという、アマゾン本流のわきにできた大きな湖のほとりにクルアイという小さな村があって、エンジンが故障して漂流してしまったわたしたちの船――「モンテ・カルメロ」号といった――が曳航《えいこう》された先がここだった。この村での出来事と猛烈な雷雨については、操舵士ライムンドの悲劇（喜劇）として小説家も書き記しているが、もう一つ、菊谷さんの登場する幕があった。

「あなたたちの船に、ドトール（医者）はいないか」

村に買い出しに行った醍醐さんは声をかけられた――たぶん若い女性に――そうだ。けがをした少年がいるので、診てやってくれないか。で、救急箱を下げて菊谷・醍醐二人して村に出かけた。

菊谷さん本人があとで言うには、

「それが、木から落ちて切り株で脇腹を裂いたらしいんだけど、すごい傷でさ。まいったよ」

ブタンタン研究所の構内を歩きながら醍醐さんも思い出して言う。

「そのとき菊谷さんの顔色がね、変わったね。それはひどい傷で、とても本物の医者じゃなきゃ手に負えない。お医者さんの役ができると思ってさっそうと出かけた菊谷さん、困っちゃって」でも、後へは引けない。傷口をオキシドールで消毒して、抗生物質の飲み薬を与えて帰ってきたそうだ。

笑いごとではなかったが、その後苦情も来なかったので、醍醐さんはひそかに胸をなでおろしたらしい。

ブタンタン研究所の人気施設は、生きている毒蛇たちをガラス越しに観察できる展示館だった。サンゴヘビ、クサリヘビ、ガラガラヘビなど世界中の危険な種類がそろっていた。

これから向かうアマゾンには、この手のものが倒木の陰や石の下に待っている――小説家たちにそんな思いをさせたに違いない、じゅうぶんなリアリティがある。

展示の一つひとつに説明と棲息地図が付けられていて、それによると、ブラジル北部のアマゾン流域だけでなく、首都ブラジリアのある中部乾燥地帯、もっと南のサンパウロ州（州都サンパウロ）にも分布しているものがいる。要は、日本人開拓移民たちが入ったあたりはすべて、猛烈な奴らのテリトリーだったわけだ。

しかも、毒蛇はよく見ると美しい。毒々しいという意味ではなく、精巧極まりない美しさ。鱗と色の加減で全身にタランチュラのように毛が生えて見えるのがいてゾクッとした。

醍醐さんは、たまに日本に行くと、自動販売機の釣り銭受けに手を突っ込むのが怖いという。蛇の隠れている場所に手を突っ込むのと似ていて、怯んでしまうのだそうだ。石を掘り返そうとしたり、倒木を起こそうとしたりして、手を毒蛇にやられた農業移民の話をたくさん聞いている。

小説家はクモが苦手だった。そう書いてもいるし、口でも言っていた。可笑しいのは、自分がクモが苦手だという前口上に、文豪の誰それはインコが駄目だったの、ハリウッドの拳銃スターの誰それは犬が駄目だったのと、縷々と並べ立て、「人間には一つぐらい怖いものがあってちょうどいいんです」と断言してから、自分のことを言う。じつはその話の流れ全体が開高ワールドへの入り口であり、考え抜かれたシークエンスではないかとさえ思えてくる。

「あるとき、俺はパリの安酒場にいたのよ」

小説家が思い出話を始めた。

「バーの止まり木に座って例のバロン——風船玉みたいにふくれたワイングラスで葡萄酒をすっていると、そこへ、君みたいにやせこけた、貧相な男がやってきて隣に座った。話すでもなしにその男と会話を交わしているうちに、なんのきっかけかその男が、目の前の、バーテンが置いていた皿のレモンを指さすのよ。これを思いっ切り搾《しぼ》ってごらん。

俺はギュッと搾ってみせた。ところが、彼は、まだまだ、と首を振る。俺もまだ君と同じぐらい若かった。あらん限りの力で搾った。数滴。レモンはもうスカスカやで。

そしたら、横から、パリの労働者らしい筋肉もりもりの若いのがやってきて、俺にやらせろ。彼が渾身の力で搾ると、さらに数滴、出た。

ところがその貧相な男は、指でチッチッチッと異議を唱えると、やせた指でレモンをつまんだんやね。

すると驚いたことに、汁がジャーッと床に流れ落ちた。

俺は思わず訊ねた。あなたはいったい何をされている方なんですか？

すると、男が答えた。いえ何、わたしは、税務署のほうをちょっと」

定番の小話かもしれない。わたしも途中で気がついた。しかし、最初にそのシークエンスに引き込まれてしまうと、もう最後まで魅了され続けるのだった。

もう一言付け加えると、小説家はこうしたジョークをたくさん仕入れていて、そのうえ、相手を替えて何度も磨きをかけていたようだった。傍にいて、同じ話を違う聞き手に話している場面に何度か出合ったが、導入部や途中のやりとりが相手によって絶妙に違えてあるのだった。

「――くん、英語で言えるジョークを二つや三つ、持つようにしなさい。食事をしながら話をするときにも、ジョーク一つで相手の応援がガラリと変わることがあるんやから」

そう、何度も言われた。

小説家は万事に用意周到だった。旅のグランドデザインもそうだが、こまかい準備を怠らない。

また、そうした準備にあれこれ想像力を巡らせるのも大好きだった。

旅が始まる前、いくつかの「指令」が茅ヶ崎から飛んできた。

「――くん、アマゾンの河の水は飲めない。殺人液と言う人物さえおる。米軍がベトナムで使ってたウォーター・ピューリフィケーション・ピルというのがあるはずやから、君、研究しときなさい」

飲み水の確保は隊全員の安全にかかわる大切な任務であるはずだった。そう、われわれはアマゾン探検隊なのだ、と本気で思えて、勇み立たずにはおれなかった。

いまのようにインターネットで検索する方法はなかったから、東京でそのころいちばん大きいといわれた、確か大手町にあったドラッグストアに出かけて聞いてみた。返事はパッとしなかった。アメ横にも足を運んだ。サイゴン陥落（一九七五年）から二年、米軍からの放出品とされる物資は若者ファッションとしても人気があった。見て回ると、ここには、いわゆるジャングル生活で重宝しそうな道具や服や装備がたくさんあるらしいと見当がついた。しかし、水の浄化剤は見つからなかった。

本気で他の水の浄化方法を探し始めた。フィルター式の携帯用浄水器というものはないか。あるいは、日光で蒸留する方法はどうか……。

そのうちに、サンパウロから、現地ではミネラルウォーターが豊富に売られていて問題ない、との情報がもたらされて、この件は落着となった。

いつの間にかわたしはアマゾンの旅の担当者になっていた。

＊

ここで、七七年の旅が終わった後の出来事を、あえて二つ書いておきたい。

まず、ブラジルから帰途についたとき、わたしたちは気が抜けたようになって、飛行機の座席にへたり込んでいた。高橋さんはカメラ機材のほとんどすべてをカウンターで預け、撮影済みのフィルムを詰めた革カバンだけを抱えて機内に乗り込んだ。わたしはほとんど食欲を失って、酒を飲んではうとうと眠ってばかりいた。

夜間飛行で上から見たカリブ海は黒いビロードの闇で、ところどころに宝石箱をひっくり返したような光の砂子が夢うつつに見えた。あるいは本当に夢だったのかも知れないが、気がつくと、飛行機はプエルトリコのサンファンの空港に降りようとしていた。薄暗いオレンジ色のライトが点々と滑走路や建物を縁取っていた。

無事だった。とにかくやり終えた、と思った。しかし、この夜景は美し過ぎないか？

「ものごとは、やれやれ終わったと思った瞬間がいちばん危ない」

小説家がにやにやしながら釣り場でよく口にした言葉がよみがえる。ここで飛行機が落ちたら洒落にならないな、と思っていた。

帰国すると、みんな、小説家を含めて一人残らず風邪を引いた。

「東京の雑菌にやられたんやで。アマゾンのほうがよっぽど清浄や。タハッ」

小説家も電話口で元気に熱を出していた。

そして、もう一つ。

旅が成功裏に終わってしばらくして、次の旅が始まろうというある日、釣り竿とリールをワンセットもらった。小説家が初めてアラスカでキングサーモンの八十四センチ、九キロをあげたのと同型の、ABU社製のキャスター・デュエット、穂先がマス用とサケ用の二本ついているタイプだ。リールは同じABUのアンバサダー五〇〇〇C。ロッドには赤い布製の袋がついていて、小説家自ら工夫したものか、穂先の保護用に堅い細い木の棒が布袋の中に仕込まれていた。ロッド、リールとも開高健の釣り紀行ではお馴染みの、黄金の組み合わせ。ただ、どうしても忘れられないのは、小説家がそれを手渡ししてくれながら、からかうようにこちらの眼を覗き込んで言った言葉だった。

「友人は選びたいものだね、――くん」

こんなことをあの笑顔で言われて、シビレないやつがいるだろうか。

(このときもらったセットは穂先も二本そろっていた。実際にアラスカでキングを釣り上げたロッドは『フィッシュ・オン』によればサケ用の穂先が折れていたはずだ。また、アマゾンの後に小説家が敢行した南北アメリカ大陸縦断の旅の帰途で釣り具のほとんどを盗難で失っていることから、これは同型のセットを小説家があとで買い直したものだったろう。

このキャスター・デュエットはアラスカ、カナダ、コスタリカ、モンゴルといったその後の小説家との釣りの旅のほとんどすべてに持ち歩いた。いまは、リールともども茅ヶ崎の開高健記念館に納めてある。）

＊

入社してすぐ仮配属された先は「週刊プレイボーイ」編集部だった。ニュース班、グラビア班、活版班、整理班と一通り経験して、最終的にニュース班に席を置くことになった。ここは面白かった。

全身をジーンズの上下でキメて、軽金属製のしゃれたカバンを持ち、レンズの赤いサングラスをかけたニュース班のキャップは、すぐさまわたしを神保町の行きつけの眼鏡屋に連れていき、黒縁の学生眼鏡を金縁のキザキザなやつに替えさせて、言った。

「飛躍のないやつを、誰が面白がる？」

時のブームだったスプーン曲げ、オカルト記事から新人芸能人へのインタビュー、殺人事件の周辺取材から風俗ネタ、ほいほいアルバイト情報術から超絶自慰の仕方まで、若い男が興味を持ちそうなものはなんでも追いかける。ただし、面白ければ。

この、面白ければ、というのは高いハードルだった。始めのうちは、出しても出しても企画は編集会議を通らない、絵に描いたような新人生活だった。自分の乏しい蓄積の中を探しても、そんな面白いものは薬にしたくてもなかった。

改めて周りを見渡してみた。ニュース班は、度肝を抜くファッションのキャップ、その手綱を辛くも握るサブ、あとは独立愚連隊と呼ばれる二十歳代の、それぞれ後にライターや編集者として場所を得て活躍することになるフリーランスたちだった。

編集部の陣容も壮観だった。

酒とおんなの話しかしない（としか思えない）先輩。花札やチンチロリンばかりしている（ようにしか見えない）上司。夕方にしか現れない（としか考えられない）謎の人物。なのに、皆いともやすやすと、帽子やポケットから企画を取り出し、捏《こ》ね、キーパーソンにわたりをつけ、アクロバティックなコメントを取って来て、ページを完成させていく。週刊誌は毎週毎週、ピカピカの内容で刷り上がって市場に出ていく。

わたしは重大な疑問に逢着せざるを得なかった。

存在自体が面白いやつでないと、面白いものは作れないのではないか。

編集者は、存在自体が、面白くなければならないのではないか。

自分は、存在自体が、面白くないのではないか。

この編集部で学んだものは数知れない。もちろん学びそこなったものも山のようにあるに違いない。第一、ここにあげた編集部の観察は、諸先輩が「編集部内」で見せたすがたに過ぎない。編集部の外でこそ、雑誌の仕事はなされるものだということが、走っているうちにだんだんわかってきたのだったが……。

ただ一つ、その後もずっと引きずった価値観として、ここで挙げておかなければならないもの——もしこれがなければ、わたしはきっと小説家との付き合いをしくじったに違いないとさえ思うもの——それは、わたし自身の言葉に直すと、こうなる。

「男子として生まれて最も恥ずべきことは、むっつりスケベであることである」

三十三年後の旅で一人、サンパウロからベレンに向かう日、リベルダージには静かな春の雨が降っていた。

第二章　見てくれ、この牙

空港から市内へと向かうタクシーの運転手は女性だった。サングラスをかけ、半そでから出る両腕は丸太のように太く、浅黒いはだに金色の産毛がみえる。

一言二言行く先を確かめ、こちらがポルトガル語を理解しないとわかると、カーステレオから流れる音楽に身体をゆらしながら猛スピードで走りだした。割り込む、追い上げる、センターラインを完全にはみ出す。対向車がいても猛然とつっこむ、チキンレースみたいなことも鼻歌まじりで、彼女の向かうところ、道路は文字どおりクラクションの嵐だ。

若い国に来たんだ、という、身構えるような感慨。後部座席に座っていても、自然にシートベルトに手が伸びてしまう。

一般道に出ると、視界が赤茶色に変化する。地面にはいたるところに「テラ・ロッシャ」（＝赤い土）が露出し、家の壁や屋根にも素焼きレンガのオレンジ色が多い。窓から吹き込んでくるのは四〇度はあろうかという熱風で、たちまちじわっと汗がにじむ。肌寒いサンパウロから空路四時間半、熱帯に来たんだ、アマゾンに来たんだ、と改めて身体の奥から力が湧いてくる。

一九七七年、小説家とその一行にとって、このアマゾン河口の街・ベレンは中継点に過ぎなかった。サンパウロで機材の通関に手間取った開高隊は、本格的に大河をさかのぼる貨客船「ロボ・ダルマダ」号の出航を待って、一週間をこの近辺で過ごす予定だった。

案内役の醍醐さんの経験によると、一般に日本からこのあたりにやってきた人間は、はしゃぎ過ぎ、暑さに負けて冷たいものをがぶ飲みし過ぎ、てきめん体調を崩す。だから、この河口の街でまずこの暑さに馴れることが必要だ――。

確かに、そのとおりなのだった。ベレン市中心部、ヘプブリカ広場に面した「ホテル・エクセルシオール・グラン・パラ」は、この街で当時最高級のホテル、冷房も効いていた。しかし、一歩外に出ると、全身を包み込んでくるような暑さと湿気。荷物を置くなりすぐ撮影のために機材を持って街に飛び出した高橋カメラとわたしは、広場を軽く一周するだけでその暑さの持つ専制的なまでの力を感じた。暑さにやられっぱなしの後のビール！

しかしまた、この街の面白さも桁外れだった。街角のたたずまい、氾濫するその色彩からして、どこか南ヨーロッパ、イベリア半島の匂いがし、さらに熱帯の濃密な空気がそこにおおいかぶさった。行き交う人々の肌の色もサンパウロよりコーヒー色が濃い。こちらを見つめて来る、どきっとするようなエキゾチックなまなざし。

ブラジルの公衆電話は当時から、目を引く、独特の外観をしていた。電話ボックスのボックス部分が、電話をかける人間の頭から肩までの部分だけをおおう、丸いたまごの殻を斜めに切ったようなかたちをしている。醍醐さんがさらっと言う。「あだ名をヴィルジン（処女）っていうんですよ。わかるでしょ」。頭しか入らない、という意味らしかった。

「面白い、撮っとこうよ」とわたし。

「そんな説明的な写真は撮らない」と高橋カメラ。

ベレンで本格的に開始されたこの旅の撮影は、たしかそんなやりとりから始まった。

この街のいたるところに街路樹として植えられているマンゴーの大樹は深い緑色の葉を茂らせて、その陰に入ると明らかに体感温度が下がった。夕方になると、昼間のじりじりするような暑熱は和らいだ。しかしそうしたことを、ベレンを再訪するまでほとんど忘れていた。

ベレンの印象を、風が、変えてしまった。

旅の一年前、茅ヶ崎の開高邸にサンパウロの醍醐さんが現れて、アマゾンの奇異をあれこれ話してくれたなかに、「ワニの眼はルビーのように赤く、夜カノアから見ると、遠くに街の灯のように光っている」というのがあった。うじゃうじゃっといるワニの眼が、街の夜景のように？どれだけのワニがいれば街の灯のように見えるのか。武者震いがした。

その場所が、ベレンの近くにあるという。

案内役のプランでは、街場の撮影をひとまず終えたら、マラジョ島の牧場に飛ぶことになっていた。マラジョ島というのは、小説家も書いているように、アマゾン河の河口にできた、ほぼ九州と同じ大きさの川中島である。そこにある牧場へ、小型機で向かった。

「タハッ、テコテコ。空飛ぶタクシーやて。安いんやて」

小説家は大喜びで副操縦席に乗り込んでいった。

小説家と醍醐さん以外は、セスナ機なんて初めてだし、その機体たるや、この地のタクシー並みに隙間だらけでガタガタなのだった。アマゾン河の上をこの機体で飛ぶ？　不時着水してもピラニアがいる以上、助かる見込みは薄いだろう。

「先日も飛行機がアマゾンに落ちましてね、全員食べられたそうです」

優しい口調で醍醐さんが余計なことを言う。そしてその口調が、ときに、嫌になるほどの説得力を持つのだった。

しかし小説家にはまったく動じる気配がなかった。やはりベトナム帰りは違うんだな、と感じざるを得なかった。

セスナは操縦士の「ヴァモス！（行くぜ！）」という気合とともに身震いしながら舞い上がった。

ロッジに着いた、その夜、「ワニ狩り」が始まった。

――いまでもそうだが、わたしはワニが苦手だ。とくにあの、オーストラリア北部の熱帯にいる、イリエワニと称する、巨大に成長する種類に恐怖を感じる。あの、からだ半分はありそうな口。その口を縁取るでこでこした皮膚と獰猛極まる牙の列。アフリカにいる――同じクロコダイル科に属するらしい――ナイルワニというのも苦手だ。これも牛を一頭まるごと川に引きずり込むほどでかい。

醍醐さんの説によると、ワニは獲物を咬み殺すというより、水に引きずり込んで溺死させるものなのだそうだった。

マラジョ島のロッジのわきのクリーク（水路）でいきなり始まったワニ狩りで、その醍醐さんが急に無口になったように感じた。

三艘のカノアに分乗して夜の水路を進む。舳先《へさき》に懐中電灯とモリを持った漁師、客二人が挟まれて、後ろに漕ぎ手。わたしは緊張の極にいた。はずかしいが漏らしそうなほどの恐怖を感じた。なぜなら、そのカノア――アマゾンに来て初めて乗る小舟――は、喫水が極端に浅く、大きな笹舟のようなのだ。ワニが暴れたら一たまりもなくひっくり返るだろう。

〈それに、この水路は昼間、アマゾン初めてのピラニアを釣ったのと同じ水じゃないか〉

しかし、誰もそのことを指摘しない。

頼みの醍醐さんはさらに無口だった。

漁師が前方を懐中電灯で照らした。「あそこ」。見ると、草むらと川面の境界あたりに赤く光る点が遠い街の夜景の灯の一つひとつのように広がっている。懐中電灯の光を反射させて輝くワニの眼、眼。しかし……。

漁師がモリを突きだす。

パシャパシャッという生き物のはねる音。

モリの先には五十センチほどの小ワニが身をよじっていた……。


――こうして三十三年前のことを書きながら、ずっと感じている。

あのとき、あの場所で感じていたことを、いまここで思い出そうとしている、その不思議さ。

あの旅では、結局誰も大きなけがはしなかったし、取材は成功裏に終わり、連載は大人気、単行本も破格の売れ行きで、小説家の書いたノンフィクションの代表作の一つとなった。そのことは、いまは、わたしにはわかっている。しかし、あのカノアにみんなして乗ってワニの巣に向かっていたときに感じた恐怖は大きかった。あの一回限りの、わたしが勝手に膨らませていた巨大ワニの妄想。

醍醐さんは一年半前から、この「ワニの眼が街の灯のように」のときのワニが、小さい、ということだけは注意深く言わないようにしていた、という仮説をわたしは立てたい。そうすれば、すべてがうまく、説明がつく。そのシナリオにまんまと乗ったのがわたしだけだったとしても。

その五分後にはわかることが、そのときにはわからない。しかし、物語られる人間が知らないことを、物語る語り手は知っている。

開高健が物語った『オーパ！』に、ワニ狩りだけでなく、マラジョ島での見聞の記述は少ない。あまり感銘を受けなかったからだろう。書く必要がなかったほど、この旅の他の部分が豊かだったからだろう。

後に違う作品のなかでひっそりとこのあたりでの記憶が語られているのを読むまで、ずっと、そう思っていた。

＊

マラジョ島では、「ワニ狩り」のほかにも、その後の旅の経過に大きく連なるいくつかの出来事があった。

まず、アマゾンの水に最初に触れたのがここだった。マラジョ島は巨大な川中島だが、中を無数のクリーク（水路）が流れていて、滞在した牧場（ロッジ）のそばにも何本かあった。

後で嫌になるほど付き合うことになるピラニアに初めて出合ったのも、ここだった。小説家は釣りをする前に水面をバシャバシャ叩いて魚を寄せてから釣るやり方にびっくりしながら、この恐るべき、かつ愛すべきテロリストとの最初の出合いを書き記している。

水路の両岸には水草が茂っていて、顔を近づけて見るとたくさんの小さな透明なからだのエビがぴょんぴょん跳ねていた。

「このエビのいる水をそのまますくって火にかけたら、ええ出汁《だし》のスープになるんとちゃうか」

小説家の冗談が本気に聞こえ、この水域のとてつもない生物の濃さを予感させた。

最初に小説家から釣りの手ほどきを受けたのも、ここだった。

朝、小説家の部屋に呼び集められると、ベッドの上から、机、椅子、床の上まで、持って来た釣り道具が並べてあった。

小説家は一行一人ひとりのためにじゅうぶんなほど、釣り竿やリールのセットを日本から用意して来ていた。そのうちの軽めのタックル類が、マラジョ島のロッジに持ち込まれていた。

一つひとつ、説明をつけながら、ビニールを剝いて中身を出し、構造や使い方を示し、タックルボックス（釣り道具入れ）にていねいに納めていく。各自用のボックスも用意してあった。そして糸の結び方数種、ロッドの扱い方、リールの仕掛け、ルアーのそれぞれの特徴、フックの研ぎ方……。

「このリールはスピニングリールといって、どちらかといえば初心者の君たちに向いている。リールからラインを引き出してロッドのガイドリングに順番に通したら、その先にスナップスイベルを結びつける。これでいろいろなルアーがつけかえられる」

釣り師というのはおそらく誰でも、初心者に教えるのが好きだ。小説家は、手取り足取り教えたがるタイプではなかったが、先生をするのは大好きだった。

「キャスティングは、このアームを左手で外したらラインを右の指で引っかけてそれ以上に出ないように止め、ルアーの自重とロッドのしなりを利用して投げて、いいところに来たらハンドルを巻く。と、こうやってアームが元の位置に戻ってラインが巻き上げられる」

こんな調子で自分でやってみせて、生徒たちいっせいにやらせる。

やたらに英語が多いな、とわたしはよけいなことを考えていたが、原理そのものはそれほど難しいものではないように思えた。ただ、油断するとすぐ勝手に糸がばらけてしまうなど、リール一つにも慣れるのには時間がかかりそうだった。

作家になる前の一時期、アマゾン河口で漁師をしていたこともあるという醍醐さんを別として、菊谷さん、高橋さん、わたしの三人は正直、釣りのド素人。わたしについて言えば、こんどの旅で随行者の自分が釣りをする余裕も時間も、あるとは想像していなかった。

ところが、これはずっと先の話だが、ピラルクーを釣り竿で釣ることがかなり難しいとわかってくると、トクナレを含め、五目釣りの機会が増えた。できるだけ多くの種類の魚の写真を撮りたかったからだ。

サンパウロで邦字新聞三紙のインタビューを受けたことは小説家の本文に出て来るが、そのとき〝ほらふき男爵〟めいた口調で語った期待のように、〝おしるこ色〟に濁ったアマゾンの水の下には何がいるかわからない。釣ってみてその姿を撮影するには釣り手が多いほどいい。しだいにそんな雰囲気になっていった。

テコテコについての耐性ができたのも、ここでだった。

ベレンの空港を身震いして飛び立ったセスナは、のんきにだだっ広い水面を渡り、牧場、水路、湖、森――緑の濃淡と光の反射の中を飛んで、着陸態勢に入った。

途端に、飛行機は急上昇。

醍醐さんが操縦士の言葉を通訳して、

「牛をどかしてるんですって！」

とどなる。牧場の滑走路――といっても、ただの道で、木が生えていないというだけに過ぎないが――に牛の群れが居座っているのだという。タッチ＆ゴーみたいなのを数回繰り返して牛の群れを追い払い、やっとがたがた道に舞い降りた。

小説家はケロッとしていた（ように見えた）が、わたしはなんか、未知への警戒心のタガが一つ外れた気がした。

＊

もう一つ、マラジョ島でその後の経過に大きく連なる出来事、それは、ここを離れるときすでに、わたしたち全員がひそかにムクインの洗礼を受けていたことである。

『オーパ！』のなかでは、アンタ（バク）という動物の〝巨根〟伝説が面白おかしく語られている。

醍醐さんが茅ヶ崎の開高邸でアンタが巨大な物持ちだという話をしたとき、わたしは不明にも、このヨタみたいな話がのちのち本文で取り上げられるエピソードに成長するとは予想もしていなかった。小説家の物事に対する面白がり方、その独特のアンテナのはりめぐらし方、展開の仕方について、何にもわかっていなかったと言うしかない。

エミリオ・ゴエルジ博物館へは、ほとんどアンタ目当てに行った。ここは、十九世紀の博物学者によって設立された、アマゾン流域の動物と植物がコンパクトな森公園の中に生きている施設で、ベレンの市街地のど真ん中といっていい位置にある。

マラジョ島から舞い戻って、明日からいよいよアマゾン河をさかのぼる船に乗る。わたしは心がはやって仕方がなかった。正直、これから行く手に展開されるはずの大自然に比べれば、動物園、植物園のなかの自然など何ほどのことがあろう、というぐらいの気分だった。

オンサ（ヒョウ）やジャカレ（ワニ）などが檻の中にいるのに、話題の主のアンタは、低めの柵に囲まれたミニ牧場のようなスペースに群れていた。しかもその中のオスが一匹、無防備なまま横たわっている。わたしたちの視線は当然そこに集中したが、別にアマゾンの〝驚異〟は現れていない。

誰が言い出したか、気がついたら、周りに落ちていた枝などを拾ってみんなして寝ているアンタを突っついていた。それぞれ、具体を突っついたり脇腹をやさしく撫でたり、アマゾンの驚異を勃き上がらせようという寸法である。

「開高さんの性感帯がわかっちゃった、ハハ」

菊谷さんの絶妙なまぜっ返し。

アンタは寝たままだったし、何も起こらなかった。


ゴエルジ博物館でもう一種類、印象に残った動物にアマゾン・マナティがいた。七七年当時「絶滅危惧種」という呼び方はいまほど定着していなかったと思うが、これは間違いなく当時すでに乱獲の果ての少数動物となっていた。

「これは食うとうまいとされて、獲られ過ぎたんやね。水草なんかをもぐもぐ食うてる、水中の牛みたいに大人しい動物なんやが」

小説家が解説してくれたが、一頭だけ飼われているはずのマナティは池——環状につながった比較的深い水路——のどこかに隠れていて見えない。

「これはここで撮っとく必要があるな。徹底的に探そう」

高橋カメラの言葉に、この池の水面下を繰り返しチェックした。池は他の動物のものより格段に深く、周囲は深い木陰を作るように木が植えられていて水中が見透しづらい。かなり警戒心の強い動物らしかった。

『オーパ！』には、マナティの写真としては、水面から出て呼吸している鼻の穴しかない。これが唯一のチャンスだったのだ。

今回、三十三年ぶりにこの博物館を訪ねて、このときのマナティが三年前まで生きていたことを知った。マイラという名前のメス。換算すると、わたしたちがここに来た当時、二十五歳だったことになる。

＊

「見てくれ、この牙。ピラーニャの黒《プレタ》。」

単行本でも文庫版でも、『オーパ！』の写真キャプションは、この弾むようなフレーズから始まっている。続いて「それぞれの歯の内部に新しい歯がひそめられている。だからこの魚の牙は常に新しく、常に鋭く、常に強力である。ペンチの力を持ったゾリンゲンの刃物である。」とある。

本のカバーに使われているのも黒ピラニアのアップで、この本のトータルイメージを決めた写真であり、キャプションである（単行本1頁／文庫3頁）。

都内のホテルの和室で、小説家は肘をまくらに横になっていた。午後の早い時刻、かたわらにはウイスキー――たぶん極上の、と注文をつけていたはずだ――のグラス。暗くした部屋の壁にスライド写真を投影すると、すぐに小説家がキャプションを口にする。単行本の編集担当者やわたしがそれを筆記する。小説家は茅ヶ崎から東京に泊まりがけで来ている。アマゾンから帰国してすでに十か月経ち、連載が本にまとまろうとしていた。いまでも、「見てくれ、この牙。」と言い放った小説家の声が聞こえるようだ。何百枚もの写真が投影され、必要なキャプションをすべて小説家が付ける。これが、早くて、切れ味があって、うまい。

「雲は天才である。」

このキャプションは、「(アマゾン河口、ベレン市周辺)」と続いている(単行本8頁)。ベレンの河岸から河口方面に、空を薄いウロコ雲がななめに覆っていて、光がかすかに洩れている、スケール感のある写真で、小説家はすぐさま、石川啄木から引いてこう付けた。ただ、小さな文庫版では映えないと判断されたためか、ベレン市とその向こうに流れる河を俯瞰《ふかん》気味にとらえた写真(文庫134〜135頁)に替えてある。キャプションは、

「河は文明と天才を生む。」

小説家の本文にはマラジョ島での見聞が少ないと書いたが、ベレンについても記述は少ない。そんな中で、写真はベレンで撮られたものも多く、小説家の印象や感想がキャプションから推察できるので、そのいくつかを拾ってみる。

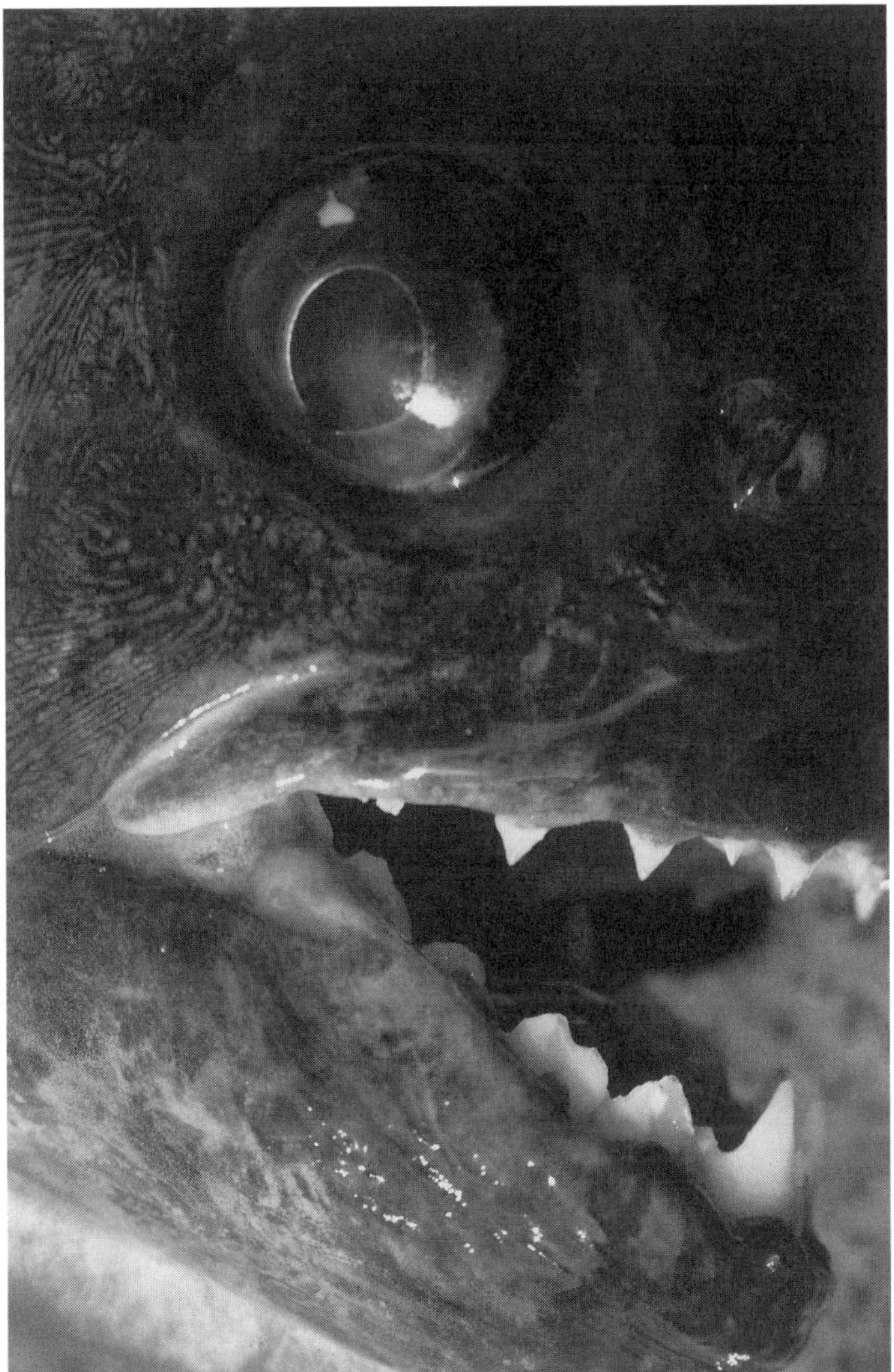

見てくれ、この牙。ピラーニャの黒。

「ベレンの街。ポルトガルやスペインとまったく同じ屋根である。」

これは、特徴的な素焼のオレンジがかった色の屋根がえんえんと続く様を俯瞰したカット（単行本34頁）。旅行者がベレンに入ってまっさきに印象を持つのは、いたるところにある赤い土の露出と、このオレンジ色の屋根ではないだろうか。文庫本ではこのカットとは別に、

「ベレン瞥見。ヨーロッパの一片ずつ。」

とされたページがある（文庫58頁）。屋根の色、特徴的な色のバルコンや窓のある二階家の街角、市場の俯瞰の四枚からなる。


「アマゾンの子供は両棲類で、一日中水浴びをして遊んでいる。パリジャンよりよっぽど清潔である。」

突堤から数人の子どもたちが同時に河へ飛び込んでいる瞬間のストップモーション（34頁／51頁）。写真を見てすぐキャプションの前半を付け、いたずら心を起こして後半を付け足した、と想像できる。


「港の残飯をウルブー（ハゲワシ）があさっている。コンドルはウルブーの一種である。」

これもベレンで、市の食欲を賄う中央市場のすぐ脇の船着き場では、これとそっくりな光景が

いまでも見られる（単行本34頁）。文庫では類似のカットが拾われていて、キャプションは、「港の残飯をウルブーがあさっている。カラスではない、黒コンドルである。」（文庫62～63頁）。醍醐さんは、この流域におけるウルブーは日本のカラスのニッチ（生態的地位）にいる、という見方をする科学者がいると教えてくれた。

「アマゾンでも若者はフィーバーする。」（文庫10～11頁）

砂浜にできたディスコで若者たちが抱き合って踊っている。ベレンから車で一時間ほど行ったイコアラシーという観光地でのカット。屋根とバーカウンターとがんがんのミュージックがあるだけだが、まだ明るいというのに「フィーバー」としか言えない熱気だった（映画『サタデー・ナイト・フィーバー』が日本で公開されたのは、単行本が出た一九七八年の七月だった）。

「マナティ（海牛）は絶滅を噂されている。ベレン動物園ではおびえたあまり、鼻の穴しか見せてくれなかった。」（160頁／328頁）

「アンタ（バク）の昼寝。伝説に反しモノは謙虚に小さいが……」

というキャプションの付いた写真もある（160頁／328頁）。このキャプションを口述する映写会のとき、横になっていた小説家がむっくり起き上がり、

「これな……」

としばらく思案した、ような気がする。

(アンタの巨根伝説については、その後一九七九年から八〇年にかけて小説家が敢行した九か月にわたる南北アメリカ縦断大旅行の際、南米コロンビアで小説家自身が〝驚異〟を目の当たりにして落着した。したがって、「でかい」ことが確認された後の八一年に出た文庫版では、普通状態のアンタの写真は、心なしか扱いが小さい。)

*

三十三年後のベレン、最初の晩、アマゾン河岸の古いドックを改造した施設があるというので連れて行ってもらった。二〇〇〇年に完成したとのことだった。

河に沿って開放感のあるプロムナードができていて、ゆっくり散策できる長さがある。それに並行して陸側にはレストランやらビアホールやら展示場、本屋やインフォメーションや通貨の両替所まである、ガラスで囲まれた帯状のしゃれたコンコース。もともとドックにあった移動クレーンを利用した、宙づりのライブミュージックブース。

夕方の河風は、北東方向にある、ここからは見えない河口のほうから吹き寄せてくる。体表の汗もたちまち退く、じゅうぶんな強さである。いまは上げ潮らしく、河の流れは静かに逆流している。海辺のような磯くささはない。太陽はぎらぎら輝いたまま、厚い熱帯の水蒸気の向こうに沈み始めている。

この風も忘れかけていた。アマゾンの河は巨大な風の通り道だった。貨客船でさかのぼっている間は当然のこと、河岸にできた町サンタレンに滞在していたときも、昼間の日光に痛めつけられた身体には、この河風は何ものにも代えがたいほどありがたかった。それどころか、小船でさまよっていたときに何度か、セーターが必要なほど寒い熱帯の夜を経験した。


屋外レストランの一角に席をとって、ベレン産の生ビールを頼み、日没を待つ。連れだって河のほとりを歩く人。軽くジョギングする人もいる。平日の夕暮れだがすでにビアホールには家族連れが、それも何家族も一緒になった宴会らしい盛り上がりが、いくつも見える。

以前この一角は、ベレン市内の観光名所であるカステロ要塞やヴェロペーゾ市場、定期船の発着所などの並びに位置するにもかかわらず、旅行者には近づきにくい場所だった。大きなドックの建物がいくつも、黒々とした背を向けて河への接近を拒んでいた。治安も悪いといわれていた。

三十三年経ったとはいえ、なんという変わりようだろう。アマゾンの流れが手の届きそうなところにあり、後ろや周りにそれとなく注意を払う必要もない。

ひしと抱き合う若いカップルがいる。

〈わたしたちはなぜ一つじゃないの〉

抱き合うすがた全体から、そんな声が聞こえてきそうだ。

目の前にある船着き場には午後五時三十分発のサンセットクルーズの船がつながれている。誰もまだ客はいないが、甲板に設えられたドラムセットとスタンドマイクが見える。

黒髪に派手な飾りをつけた舞台衣装の若い女が、はだしで渡り板を急ぎ足で降りてきた。岸で待っていた若い男とそのまま手に手を取り合って駆けていく。忘れ物でもしたのだろうか。

あるいは、何かから逃げだしたのだろうか。

三十分ほどして、緑とオレンジに船体を塗られたクルーズ船が半分ほど客を乗せて出ていく。

結局、あの走り去った二人は戻ってこなかった。

船は淡水に沈み込むように重そうに岸を離れ、ちょっと河下、河口に向かって下ったあと、反転して夕陽に横っ腹を見せるように遡上を始めた。

熱帯の夕暮れは短く、河の上にはすぐ夜が来る。遠い船のデッキにも明かりがともって逆によく見える。ハンモックに寝かせた子どもと母親らしい影が見える。母親はゆっくりとハンモックをゆすっている。

ブラジルはカトリックの国であり、ベレン（ベツレヘムのポルトガル語）は聖母マリア信仰が盛んだと聞いた。

＊

一九七七年八月十八日夜十時、ベレンの岸壁を離れた定期船ロボ・ダルマダ号。白塗り、三〇〇〇トン。一等船客百人、二等船客三百三十人と、貨物五五〇トンの積載能力があったといわれる。

船は一等、二等ともほぼ満員の状態で、二等では人の数だけ吊り下げられたハンモックがあり、その間を避けて歩くのが難儀なほどだった。アメリカ人、ドイツ人、アルゼンチン人などの観光客もまじっていたが、ほとんどは流域に住む地元の人で、商人、農民、大道芸人、教師、役人、病人……生活のあらゆる色で満ち溢れている感じだった。大阪から一人で木材の買い付けに来たという日本人商社マンの青年もいた。

一階の屋根のある甲板に売店と小さなバーカウンターがあって、ここが船内社交の中心だったが、数百人の人間が三晩四日、同じ船で「トーダ（すべて）！」「ナーダ（無）！」とがなり続けるミュージックの中、寝たり起きたり、食ったり踊ったりしているのだから、彼らのカラフルな服装もあって、まるで原色の夢の中にいるようだった。

そんな船内で、わたしたち五人組は異彩を放ったらしい。特に、首からさげたカメラ本体二台、望遠レンズ四〇〇ミリを手に、モータードライブのうなりを響かせて船の内外を撮影して回る高橋カメラはたちまち現地の人たちの人気者になった。

撮りたい人間たちの前に行き、カメラをちょっとかかげて挨拶すると、言葉はいらなかった。彼らはびっくりしたり恥ずかしがったりはするが、撮影を断る人はまずいなかった。

「このママイは十五歳とのことであった。」というキャプションのついた写真（31頁／42頁）の、ハンモックで赤ん坊に乳を含ませている女性は、母子だけでサンタレンの手前の村まで行くという。撮影する。終わってこちらが親指を立てる。笑顔が返ってくる。「ボンジーア（こんにちは）」「オブリガード（ありがとう）」以外まったく言葉ができないわたしたちだったが、ここの人たちは、目が合うとまずほほ笑んでくるような人たちだった。

この流域は、日本人にかぎらず、自分たち自身を負担に感じずにすむ、自意識のおばけにならずにすむ、地球上でも稀な場所なのではないか。そんな気がした。「動く道」を行く船内は、路上に展開されるこの国の生活の、外からはうかがえない面を、ほんのちょっと覗かせてくれていたようだった。

第三章　英雄はつかれた

　何年か前、巨大インターネット検索会社が地球規模の地図・衛星写真検索サービスを始めたとき、すぐに飛びついて試したことがあった。

　思いついて「サンタレン」と入力してみると、アマゾン流域の他に、ポルトガルにも同名の町のあることがわかった。

　ブラジルのサンタレンを「選択」する。アース（地球）がぐるっと回って南米大陸の姿が現れ、アマゾン河のかたちが見える上空でとまった。タパジョス河とアマゾン本流が合流する地点、衛星写真の中のサンタレン市に向かってズームしていって、不意打ちに息を呑んでしまった。

　見覚えのある河の岸辺――繋留されたたくさんの船まで見えた――の近くに、小さな、特徴のある三角形の広場がぐんぐん近づいてくる。岸辺からの距離といい、南側にカテドラル（教会）らしい建物があるところといい、見まちがいようがない。森さんの青果店の面していた、懐かしい広場だ。

小説家自らが、籠に入ったアバカシ（パイナップル）を肩に担いで歩き渡った広場。

菊谷さんがコントラバンド――アマゾン中流域まで入ってくる外国船からの横流し品――のウイスキーを手に入れた路地。

馬鹿者ざかりの自分が船に積み込む物資を山盛り担いでヨロヨロ往復した木陰。

みんなで手分けして出航準備に奔走した、あんなに自分を負担に感じなかった時間。


三十三年経って、サンタレンの河岸は変貌していた。

河に少しせり出して造られた堤防の上は、幅三、四メートルの遊歩道になって、河に沿ったゆるいカーブを描きながら一キロ半ほど続いている。アマゾン側にできた洒落た手すり。ところどころにベンチ。

河は減水していて、多いところでは砂浜が五十メートルも沖まで露出している。堤防の下、四、五メートルにまで減ってしまった薄茶色い河の水は、左から右へ、後から後から流れていく。見つめているとめまいがしそうだ。

沖合に白砂でできた島――川上から川下まで長さ数キロ――がある。雨季になると水没するという、大きな砂洲のような島だが、乾季のいまは草が生え、小さな小屋が建ち、牛のすがたも見える。

河辺には、砂浜に乗り上げるかたちで、大小たくさんの船が泊まっている。

太陽光を避けるためもあるだろうが、ある程度より大きい船には屋根、もしくは屋根つきの二階が屋形船のようにのっていて、日本の港の船と一味違う。外洋仕様ではないからか、どこかずんぐりした印象。白いペンキの剝げかかった木造船が多く、オーパ！隊が三十三年前に借り切った「モンテ・カルメロ」号に大きさもかたちもよく似ているのがいくつもいる。

砂浜に停泊している船の船名を思わず眼で追ってしまう。もちろんモンテ・カルメロはいない。

昔、定期船が着いた大型の栈橋が、河の一キロほど上手、いまの遊歩道の途切れるまで歩いたその先にあった。小説家が第一章「神の小さな土地」の終わりでロボ・ダルマダ号を見送った栈橋だ。いまは、上流にできた大規模な畑からブッシェル単位で大豆を積み出す、ベルトコンベアを備えた大きな施設になっていた。

＊

七七年八月、小説家とその一行はサンタレンにいた。

南緯二度。ジャングルをほんの少し削り取って赤土を露出させ、そこに家を建て、道を造り、いくつかの栈橋と、市場と、バール（立ち飲み屋）と、ボアチ（酒場兼女郎屋）ができ……。アマゾン河はいつも白浜に波が打ち寄せ、だからつい河岸を〝海辺〟と呼んでしまう、日中の暑さが過ぎると涼しい河風がかけぬける、そんな町。

わたしたちの前に、森昭男さんは半ズボンにゴムゾウリ、ツバを折り込んだ麦わら帽子という出で立ちで現れた。

青森出身、当時三十八歳。アマゾンに来て十五年。

大柄ではないが、よく陽焼けした逞しい体で、眉がへの字に太く、声の大きい、一見とっつきにくい風貌だが、それはほんの第一印象にとどまる。目的の魚に出合えないで河岸で弱り抜いている一行を見て、これではいかんと思ったのだろう、本業の農場と青果商を放り出し、商売ものの野菜や果実を一行の船に運び込み、船員をどなりつつ二十日余りも行動を共にしてくれた人物。『オーパ！』の少なくとも前半は、この人の献身がなければ成立しなかった。

遠い思い出の中で、森さんは愛用のパイプをくゆらせたり、笑ったり、照れたりしている。全身から塩分が汗とともに流れ出すような河面で、ゆらゆらと小舟にゆれている……。

「われらが偉大なるモンテ・カルメロ号。」

小説家はわたしたちが借りた船の写真にこうキャプションを付けている（単行本95頁）。「偉大なる」とあるのは、感謝と誇りの気持ちを込めたのはもちろんだが、外見がまったく偉大ではなく、普通のボロ船にしか見えないことに、映写会で写真を見て改めて気づいたからではないだろうか。

じっさい、たたずまい、肌合いからいえば、近所に出かけるときに突っかける下駄みたいな味の船だった。

われらが偉大なるモンテ・カルメロ号。

全長十二、三メートル、前方部分に二階がついていて、操舵席と若干のスペースがここにある。操舵席の周りにはせまい通路があり、そこから舳先へ直接降りる梯子がついている。船首に一個、両脇に二個ずつ、計五個の古タイヤが、岸壁に接触するときの緩衝材として括りつけられている。

一階の船倉（居住部分）は横幅約四メートル、十畳ほどの広さのがらんとしたスペースで、舳先方向に小さめの窓、舷側はぐるりを手すりと板で囲っただけの、風通しのいい構造。夜になると、ここにいくつもハンモックを吊るして寝る。ハンモックそれぞれにハンモック用のヘジ（蚊帳《かや》）を吊る。

隅には氷をぶち込んだクーラーボックスが置かれてあり、航海に出て一日目は、冷たい飲み物が飲めた。（文庫には「モンテ・カルメロ号の寝室兼食堂。」と説明のついた船倉内のカットがある（文庫278頁）。）

船首を向いて、右舷後方にプロパンのガス台をそなえた小さなキッチン。左舷後方、つまりキッチンの向かい側に、板で囲われたトイレ。船尾には三人の乗組員がかわるがわるハンモックを吊るすスペースがある。

操舵席の後ろから船尾まで、船倉部分の上はトタン屋根でおおわれていて、手すりも何もないが、船が走っていないときはこの上に出て並んで釣りもでき、夜は格好の酒盛りの場になった。

朝、まだ半分寝たまま、自動人形のように歯ブラシとコップを持って船べりへ行き、船の外の川水を汲もうと身を逆さに乗り出した途端に気がついた。胸のポケットからオイルライターが茶色の水の中へ滑り落ちていった。

本格的にアマゾン生活を始めて、モンテ・カルメロ号に寝泊まりしだして、まだ数日しか経っていなかった。

オイルライターを水に落としたのは、これで二度目だった。前の日もまったく同じ失敗を繰り返していた。小説家は「なんや」という顔で笑っていたが、二回目になると何も言わなかった。

はるばる日本から随行してきた若い編集の救い難いうかつさを見て、これではこの先が思いやられると思ったことだろう。

寝起きが悪い。方向音痴らしい。一度に二つ以上のことができない。三歩あるくとやるべきことを忘れる。声が小さい。押しが弱い。ノリが悪い。呑み込みが遅い。キャスティングで手首の使い方にセンスがない。何より、酒を飲まないと言いたいことが言えないと思い込んでいるらしい。……

落としたライターの中には、小説家に教えられたとおりに、予備のちいさな火打石も、オイルを含ませる綿の下に二個忍ばせてあった。

最後のライターも、いつのまにかなくしてしまった。小説家は言ったものだ。

「諸君、釣り場のたばこと火は高価《たか》い」

さて、船で暮らし始めたわたしたちにとって、最大の脅威はやはりピラニアだった。

船での水浴びが、この「神のごとく遍在する」やつらのおかげで大仕事だった。

本流の水は、汲んでみるとコップの底は見えるぐらい透明だが、薄い泥水のようなものだから、ちょっと深度があるともう見えない、何が潜んでいるかわからない無気味さがあった。モンテ・カルメロ号の横っ腹に結わえつけてあったカノアを水に浮かべ、水浴びする人間がそこに乗り移り、横座りしながら川の水を汲んで頭から浴びた。われながら滑稽な姿だと思ったがどうにもならなかった。

しかし、気候は暑いから汗はかくし、何より、数日前に全員にいっせいに発現したムクイン——粉みたいに小さなダニで、マラジョ島の牧場でやられたらしかった——の猛烈な痒さで、気も狂わんばかり。とても一日一回の水浴ではがまんできない。

ただ、この小舟での水浴びは長くは続かなかった。モンテ・カルメロ号の三人の乗組員たちは、水が浴びたくなるとさっさと船から川に飛び込んでイルカみたいに水を吹いている。

わたしたちは最初のうちこそ固唾を呑むようにして彼らのようすを見ていたが、そのうち、「現地の人が泳いでいるなら大丈夫だろう」という説と、水を浴びずには一時もがまんできない、という切迫感が勝って、みんな恐るおそる川の中に入るようになった。

ただ、あくまで恐るおそるである。頭のなかのピラニア像は「どこにでもいる」「牛一頭食ってしまう」といったイメージが肥大したものだし、ナマズの類にも危険なのがいるらしいし、とにかく見えない、何がいるかわからないという気味の悪さったらなかった。

夜、小説家を囲んでまぜ飯、ぶっかけご飯を食べ、ムクインや蚊の咬みあとを掻きながら、その日にあった出来事を話す。

「船のうえから見てると、ライムンド（乗組員の一人の名）が舳先からざんぶと飛び込んでサーッと泳いでいくと、うしろからわらわらと追っかけていくさざ波が見えるんだよ。ヤバイよ」と菊谷さん。

「立ち泳ぎしているとですね、何か脚に当たるんですよ。コツン、コツン」とわたし。

「あれはピーやんに間違いないね」と高橋アミーゴ。

釣り師としてアマゾン、パンタナルの釣行経験も豊富な醍醐さんには、大湿原の釣りを扱った『原生林の猛魚たち』（つり人社　一九九二年）という著作があって、この元本は一九八一年に出版されたものだが、ピラニアについてこんな見解を書いている。

「ピラニアは群棲している魚である。思うに、人気の多い所や舟の往来の激しい所では、ピラニアの群棲密度が低いのだ。そして、その群棲密度がある一定以上に高まると、人間にとっても極めて危険な団体行動を示すようになる。」

小説家にとってもこの猛魚に対する最初の恐怖感は、わたしたちとあまり変わらなかったと思うが、『オーパ！』では特に第二章「死はわが職業」を設けて、詳しくアマゾンやパンタナルでのピラニアとの出合いと、釣り師らしい分析と、ナチュラリストとしての観察を書いている。数十匹は実際に釣り上げた、その成果である。

「ピラニアは、魚が釣り針にかかってもがいていると寄ってくる。あるいは、弱って群から離れる、群落ちの魚から狙う。元気な個体は襲わないんやね。だからこんなに、色んな魚がこの泥水の中に共存しているわけや。諸君、いちどヨロめいたら、アッという間にやられるのが、アマゾンであり、世の中であり、日本の出版界や。これからは、くれぐれもヨロヨロ歩かんことやね。群落ちしそうやな、と思っても、大声で〈ぼくは元気です！〉と言うんやで」

この「ヨロめいた者からやられる」話はその後どんどん磨きをかけられ、アマゾン帰りの小説家の繰り返しする体験談の一つとなった。

「英雄はつかれた。」

尾の付け根に黒いスポットのある黄色い魚体のトクナレが釣り針にかかっている（86頁／119頁）。アマゾン水系のブラックバス。英名ピーコックバスという、華麗なファイターで、小説家は別のキャプションでは、

「トクナレの跳躍は乾期のアマゾンの花火である。」

とも書いている（88頁／126頁）。

このときのトクナレ釣りの「史前的豪奢」は、『オーパ！』の第三章「八月の光」にたっぷり描かれて、前半の釣りのハイライトとなっている。実際、アマゾンの旅以降のわたしたちの長い釣行の間でも、目的の魚がこんなに釣れたのは、そんなにあったことではなかった。

つかれた英雄とはもちろん、よくファイトした大きなトクナレ——四、五十センチの成魚だった——のことだが、アマゾンに来て初めての大漁に喜び、いささか釣り疲れした小説家自身の内面も投影しているかも知れない。

場所は、サンタレンから一晩モンテ・カルメロ号で下って、モンテ・アレグレの町に近い大きなラーゴ（湖）の流れ出しのあたり、と小説家は書いている。

わたしたちは、アマゾン河の流域をあちらの湖、こちらの支流とさまよっていたとき、地図のたぐいを持っていなかった。現地の漁師や船乗りの情報をもとに動いているのだが、ポルトガル語の会話の内容もよくつかめないし、本流も湖もだだっ広いし、支流や水路は入り組んでいるし、ジャングルは見通せないし、さまよっている感覚は深かった。本流にいるうちは、どちらが上流か下流かは、なんとか流れでつかめるが、湖や水路に入るともうだめだった。

当時、このあたりの詳細な地図は旅行者には手に入れにくいものだったらしい。雨季と乾季によって水位が数メートルも上下し、牧場が現れたり湖が消えたり、まるで様相が変化する流域だから、詳細さの意味から考え直さなければならない。

しかも、当時軍政下のブラジル、こまかい地図のたぐいは機密に触れるものだった可能性すら考えられた（じっさいには流通していた地図の数が少なかっただけらしかった）。

サンタレンに戻ったある日、高橋さんとわたしは初めての空撮に挑んだ。挑んだ、というのは多少大袈裟だが、高橋カメラもわたしも空撮は初めてであり、人数の関係で醍醐さんは乗れず、パイロットへの指示や注文はおたがい母国語ではできない。

空撮のために、セスナの客席右側のドアは始めから外してあった。舞い上がると、高橋さんは腰に巻いたシートベルトを緩めるだけ緩めてドアの外に身を乗り出した。わたしは自分自身を隣りのシートにベルトで固定し、腕で高橋カメラのベルトを持って確保するかたちになった。轟音の中、怒鳴り合いながら、サンタレンの上流の、澄んだタパジョス河と濁ったアマゾン本流の合流の様子などを撮った。わたしの片腕——だけではないが——を頼りに空中に身を乗り出しているる高橋さんもさぞ心細かっただろうが、機外の突風にさらされて高橋さんの頬の肉が激しく震えるのを見ていると、腕に応える重さでこちらも生きた心地がしなかった。

次の日になって、醍醐さんが軍に呼び出された。どうやら空撮には軍の許可が必要だったらしい。しらばっくれて強行したのだったが、気の良いパイロットが夜になって酒場で「昼間、日本人の撮影班を乗せた」と自慢してばれてしまったらしかった。

醍醐さんがどうやって呼び出しをしのいだか、後で聞いたがあまりはっきりしなかった。ただ、この国のしゃくし定規でないところ、どこか人間的でのんきなところが幸いしたのだろうとわたしは勝手に推測した。

＊

アマゾンに入って船で暮らし始めると、すぐに一行はシェスタ（午睡）の習慣を身につけた。日本でそのラテン的な習慣について聞いたときはあまりピンと来なかったのだが、こうして日々太陽に制圧され続けていると、だんだん意見が変わってきた。

まず、活動開始の時間が早まる。午前六時には夜が明け、七時には太陽がじりじり存在感を主張し始める。釣りも日中は仕事にならない。撮影も真上からの光で撮るべきものは撮ってしまった。

昼飯を食べ終えると、強烈な眠気が襲ってくる。これはじつに自然なことで、身体全体がそれを望んでいるのがよくわかる――そんなことを言いあっているうちに、各自、船の中で自然に自分の場所を確保し始めていた。小説家は二階の操舵席の壁の後ろが定位置になり、他の人も、日陰をうまく使って横になった。一寝入りすると三時か四時ごろ。釣りにも撮影にも好い時間帯が始まるという仕掛けだった。

夜は小説家や菊谷さんが中心となって一杯やるのが習いだったが、しだいにみんな、ハンモックに入るのが早くなっていったように思う。


その後、このときの経験にしたがって、シェスタは熱帯の生活では必然だ、そう思ってきたし、人にも知ったかぶりして説明してきた。しかし、三十三年後の旅で、都会のベレンの人はビジネスアワーをしっかり取って、あまりシェスタしに家に帰らなくなったという話を耳にした。

「このごろ、みんなよく働くようになってきたんですよ」

と、現地に長い日本人が言う。

「前は昼休みには店やレストランが閉まってしまうので、家に帰って食事するしかなかった。今は会社の近くの店だって開いてますし、家も遠くなってますから、家まで帰りませんよ」

うーん。それにしても、夜のレストランやクラブのオープン時間は遅い――夜中の十二時にオープンする、というクラブもあった——し、夜中まで遊んでいるのも普通だし、その割に朝の始業は早いし……。

「アマゾンの人もよく働くようになったんです」

聞きようによっては、ちょっと皮肉めいた口調も、そこにはまじっているようだった。

どこかで「世界の中心」を叫びながらゴロゴロ回っている巨大な石臼《いしうす》が、この暑くて、豊かで、のんびりした、得難くも素敵な別世界——すれ違う外国人を見ると恥ずかしそうに「ボンジーア（こんにちは）」と声をかけて来る子どもたち、「わたしは英語も日本語もできないの」と眼を伏せたホテルのフロントウーマン、道を聞けば知らない場所まで教えてくれようとした、愛すべき人々すべて——までも巻き込んで回転しつつある、そういうことなのだろうか。


シェスタについての、もう一つの記憶。

アマゾンに入って二週間ほどしたころ、サンタレンから数十キロ下のモンテ・アレグレの町の日本人会に招かれた。その近くにトクナレの「始原的釣り」が可能だった場所もあり、温泉も湧いているというので、一行は勇んで向かった。

サンタレンでもそうだったが、小説家はここでも集まった日本人・日系人相手に短いスピーチをして沸かせた。

「小説家の開高です。わたしはこの旅でビックリのしどおしです。ここは、世界でも類のない、とてつもない始原の地だということを、日々学びつつあります。

わたしたちは日本からここへ、驚きを求めてやって来ました。現代社会は大人が子どものような心で驚けることが少なすぎる。しかし、このアマゾンにはそれが溢れるようにあるとお見受けします。数日間の滞在で、日系人のみなさんのこれまでのご苦労に触れられるとも思えませんし、ここでも確実に進んでいる自然環境破壊について、わたしはすぐにそれを論《あげつら》う立場にはないと思う。わたしはただ驚きたい。そして、驚くことを忘れた現代人に驚くことの大切さ、驚くことからすべてが始まることを伝えたい」

当時を知る日系人の一人は、移民の苦労話や自然破壊をメインに追うのではなく、まず驚きたい、ビックリしたい、と小説家が言ったところに、聞きに来た自分たちが大きく頷いたのを覚えているという。

ところがわたしは、会場となった家の庭の木の陰に吊るされているハンモックを見つけてしまった。すぐそばには、足で蹴ってハンモックを揺するのにちょうどいい木も生えている。スピーチが終わり、宴になったところでコップにピンガ（＝サトウキビから作った地酒）を注いでもらって、何気なくハンモックに座ったら、そのまま眠り込んでしまったらしい。

「疲れてんのやろ。そのまま寝かしといてやりなさい」

小説家の声に、一瞬はっと意識が戻った。日本人会による歓迎会の最中なのだった。あわてて起き上がろうとしたが身体が動かない。

「…………」

また小説家の声が聞こえたように思った。ああ、今日はもういいんだ、と体中から力が抜けていった。

朝、モンテ・カルメロ号で目覚めるのがいちばん遅かったのもわたしだった。気がつくと、自分のハンモックだけがぶら下がっていて、みんなはすでに立ち働いている、なんてこともよくあった。

アマゾンでも東京でも、アラスカでもモンゴルでも、小説家には常に先に起きられてしまった。

＊

小説家の電話魔ぶりは多くの人の語るところだが、わたしの電話の記憶は寝起きと結びついているものが多い。

「哀れな開高」「よれよれの開高」から始まって、「プア・カイコー・スピーキング」とか、電話の第一声のバリエーションがいくつもあった。急いでいるときには、

「よれよれや。あのな」

というのもあった。

なかでも衝撃を受けたのは、ある朝、たぶん八時ごろ電話が鳴って、

「……マスはもう、掻き終わったか？」

絶句した。二日酔いと眠気がいっぺんに吹き飛んだ。何をこの朝っぱらから！　電話の向こうでは、小説家の「してやったり」というような沈黙のあと、かっかっかという大笑いが弾けた。

電話をかける直前に思いついたものか、あるいはだいぶ前から「いつか使ってやろう」と計画していたものか。相手をあの手この手で楽しませようと、会話の最初の一撃を――まるでエッセイの書き出しでもひねり出すように――電話器の前であれこれ練っているすがたが浮かんできてしまう。

正直に言うと、ほとんど毎日かかってくるこの朝の電話は、宵っ張りの朝寝坊にはけっこう辛かった。

そのころの小説家の日々の時間の流れは、ほぼ次のようになっていたらしい。

書き物をするのは夜。人の寝静まった時間に独り、書斎でウォッカをちびちびやりながら原稿用紙に向かう。朝がた早く寝て、いったん起きて電話タイム。それからまた寝る。旅の空でもそうだが、小説家の眠りは短く、それを何度も繰り返すタイプ。

人を呼んで自宅で会うのは午後一時から。夕方まで打ち合わせ――だいたいワインかウイスキーが出た。つまみ類は一切なし――をして、来客が帰ったら晩ご飯をすませて少し寝る。夜、起きだして原稿用紙に向かう。

で、わたしたちに電話をするのが朝になるようなのだ。

「編集者は朝つかまえるに限る。午後になると君らはデスクにおらんやろ」

それはそうだが、編集の仕事は執筆者や印刷所のスケジュールに合わせる商売だから、つい宵っ張りの朝寝坊になる（とそのころは固く思い込んでいた）。携帯どころか留守電もろくにない時代である。

毎回あんまり寝とぼけた応答になるので嫌になり、ある夜帰宅して、酔っ払った勢いで自宅の電話線を引っこ抜いてしまったことがあった。

ゆっくり起きて出社し、午後になって茅ヶ崎に電話をかけたら不機嫌だった。

「どこ行っとったんや」

お話し中とか不通になったわけではなく、延々と呼び出し音が鳴るだけの状態だったようだ。電話線を引き抜いて寝てましたとは言えなかった。


「先生呼ばわりはしないでくれ」

旅が始まる前に、醍醐さんは小説家からそう言い渡されていた。同じ作家同士じゃないか、と。

当時、わたしと高橋さんはそのことを知らなかったが、小説家をどう呼ぶかは、わたしたち二人がアマゾンでの集団生活の中で迷ったことの一つだった。

実際に二十歳近く年長者だし、間違いなく大作家だし、「先生」という呼び方は、この業界では自然なことだったろう。しかし、文芸誌と違って作家との付き合いの決して多くない男性誌の編集部では、学校の先生と医者以外はなるべく「先生」を使わない、という、突っ張りのような気風があった。

「先生呼ばわりしている相手に突っ込んだインタビューなんかできるか、突っ込んだ付き合いができるか」

というわけである。これは、新聞・通信社系の記者や文芸担当者にも共通する風土だったのではないだろうか。

で、アマゾンの濁り水の上で、小説家の表現を借りれば「サッポ（カエル）なみの生活」をし始めてみると、東京から続けてきた「先生」が、少しずつまどろっこしくなって来た。学生時代から小説家と付き合いのある菊谷さん、前もって言い渡されていた醍醐さんは「開高さん」。

ある日、高橋カメラと相談した。少しずつ「開高さん」に移行しないか。

そこでだんだん「先生」を減らし、「さん」を増やしていった。離れてあったバス停を、自分の都合のいい位置にまで、バス会社に悟られないように毎日少しずつ動かす小話――実話という説もある――みたいに。小説家はもちろん若い奴らのたくらみに気づいていただろうが、何も言わなかった。

後年、とくに小説家が亡くなってからはきっぱりと「先生」で通した高橋さんだったが、その当時は、わたしの考えに賛同して、カメラを構えながら、「開高さん、もうちょっと横に、はい」なんてやり始め、アマゾンの旅の最後のほうは二人してもっぱら「さん」を使っていた。

わたしは、何か、大作家の胸の中に飛び込めたようで、内心、鼻高々だった。

ところが、そんな錯覚はすぐ崩れた。

旅が終わり、日本に帰って日常が始まり、ジャングルも泥水もなくなると、魔法が解けてしまったかのようだった。気がつくと上司、先輩をはじめ、他社の編集者たちも、「先生」と呼ぶ。「さん」で呼ぶのは、こちらとは比較にならないぐらい近しい間柄の友人たちばかりだった。

そうした中で若輩者が「さん」づけで呼ぶのは勇気がいった。わたしは早々に「さん」から撤退した。小説家はこのことについてやはり何も言わなかった。不満そうに見えたことも、元に戻って嬉しそうだった様子もなかった。

開高健を「文豪」と呼ぶ呼び方も、こうした編集者側の屈折から生まれたとわたしは思う。生きているときから文豪呼ばわりされるのを、小説家がストレートに嬉しがっていたとは思えない。そこには、呼ぶほうにも呼ばれるほうにもちょっとした遊び心や、韜晦や照れのようなものが確かにあった。

(ちなみに、高橋さんとわたしの間では、このあと後年まで「アミーゴ」がおたがいの呼称となった。「呼び捨て」の関係でもない意識があり、といって「ちゃん」づけにも違和感があったのだ。)

小説家は後年、寸言めいた言葉をたくさん残した。詩のようでもあり、箴言のようでもあり、それぞれ忘れがたいきらめきや味のある、独特の開高語録。ただ、誰かの名言の引用であれ、オリジナルであれ、それらを口にするときの小説家の様子には、ほぼ必ず冗談めかした、照れを含んだ表情がつきまとっていたように思う。一言あったあとで、

「あ、いま俺、何かエエこと言うたで。どこぞのエラい人みたいに、自然ににじみ出た」

などとまぜっ返したり、自分にツッコミを入れることがよくあった。そこがまた、表現者としての魅力なのだと思うが、そうした発言が、文字になったり、編集されて一人歩きし始めると、自分を客観視した遊び心のような味がときに薄れ、尊大さばかりが前面に出るようなことが起きたりもする。

＊

「アマゾンにかかるたったひとつの橋は虹。」

というキャプションの付いた写真がある（98〜99頁／142〜143頁）。アマゾンの釣り風景の一つの典型として、忘れがたい一枚である。浅そうな湖の上で、あちらこちらに水草や木が突き出ている中を、三人の乗ったカノアが浮いている。手の届きそうなところに虹が立っていて、遠景右奥に小さくモンテ・カルメロ号も見えている。

普通、船頭は柄の長いしゃもじのようなレモ（櫂《かい》）を持って船尾に座り、釣り人が中央から船首にかけて座る。このレモは幅があるだけに、搔くのに力がいるが強力で、進むのも後退するの

も、曲がるのも止まるのも、船頭はほぼ自分の利き腕側にレモを置いたまま掻いたりしゃくったりしカノアを操作できる。

この写真のときはたまたまそうなったのだろうが、釣りのポイントに向かって舟の位置を微調整しているところなのだろう。船頭が前に位置して、レモを操ってポイントへ逆進しているかたちだ。

釣り竿を構えた小説家は船尾におり、中央に森さんがちょっと猫背で座っている。先のキャプションには続きがあり、

「この湖はあと一週間で牧場に変るという。」

となっている。このころは、来る日も来る日も、こんな風景の中にいた。


「水平線にたった一本の木が生える。」

とキャプションの付いた写真（120頁／30～31頁）も、アマゾンの風景の典型の一つとして、小説家は見、書いた。アマゾンの広大さ、膨大さをどう捉え、どう表現したらいいか。

アマゾン河の上に暮らし始めて数日経って、高橋さんは小説家からこう尋ねられたそうだ。

「あれは撮ったか？」

高橋さんは即座に答えた。「撮りました」。その写真がこの「水平線に木が一本」だった。その光景を見たときからかなり時間が経ってからの質問だったそうだ。

このやりとりによって、このカメラマンのアマゾンを捉える眼が自分のそれと隔たっていないと、小説家は確認したのだろう。表現者同士の、一種の真剣での手合わせだったのかも知れない。

高橋さんによると、その後、もう一度「撮ったか?」「撮りました」のやりとりがあったあと、二度と、その後の長い開高健との旅で、そう訊かれたことはなかったという。それはカメラマンとしての高橋さんの誇りだった。

二度目のときは、水面に流れている何かの花の綿毛のようなものだったそうだ。「木」のときも「綿毛」のときも、どちらもわたしは同じ空間にいた。しかし、水平線に木が一本の奇景には目が留まったものの、綿毛には特に感銘を受けた覚えがなかった。開高健と高橋曻はアマゾンの上ですでにプロであり、自分はザルでアマチュアだったと思わずにはいられない。

第四章　木ニ縁ッテ魚ヲ求ム

そこはアマゾンの本流に流れ込む支流のどこかの、浸水林に囲まれた水路で、カノアには小説家と船頭が乗っていた。

手にしているのは、日本から持って来たトローリング用の剛竿にＰＥＮＮのばかでかいリールをつけたもの。ラインの端には、大きなフックと、それに縫い刺しにしたスジ肉がついているはずだった。川の水はアマゾンの泥水で、その下は釣り糸の手ごたえと船頭の説明で想像をめぐらせるしかない。

小説家は、げんなりした様子でリールを巻き始めると、こちらを見て言った。

「あかん、エサだけ、やられとる」

時刻は夕方にかかっていたが、日差しはまだ強い。

時おり、遠くで鳥が鳴いたり、ホエザルががなり声をあげたりすると、その場所のあっけらかんとした広さが改めて強調されるようだ。

釣り師ならほとんど誰でもそうだと思うが、初めての釣り場でも、彼は自分の習い覚えた場所の読み方とやり方に固執する。小説家もアマゾンに入って、始めは自分で川の様子を読もうとし、日本で考え抜いたルアーで、自分の方法論でピラルクーに挑戦しようとした。

しかし、その頃になるとすでに、現地の複数の漁師のアドバイスに従って、場所としては湖を試し、流れ込みを試し、水路を試した。数えきれないルアーの色を試し深さを試し、さらに活き餌も、釣った魚をかけたり、スジ肉まで試すに至っていた。

ピラルクーというのは、学名アラパイマ・ギガス。ギガス（巨人）とついているだけあって、体長五メートル、体重二〇〇キロにもなるという、鱗のないナマズ類を別にすれば世界最大といわれる淡水魚で、この旅のメインとなる標的だった、はずだった。

「旅行者には、その場所の平均サイズしか釣れない。これが一般則です。しかし、二メートルぐらいのでも引っかかったら、舟はちいさいやろし、ピラニアのいる川でどないなるねん」

わたしたちは日本にあって、小説家の話に息を呑み、期待と妄想をふくらませていった。この旅は、すごいことになる！

ところが、日本で練りに練って、ふくらみにふくらんで、幾晩もその話題で盛り上がった、今回のターゲットの釣りの夢が、そのとき潰えようとしていた。

ピラルクーの釣りどころか、それらしいアタリは一度もなかった。もじりさえ見られなかった。小説家によると「場所がずれている」「今は食い気がない」「魚を食うてるんやから、フィッシュイーターや、ルアーを追うはずや」「どうも昼間はウィードベッドの奥にいて、ルアーを泳がせてもそこに届かない印象やな」「活き餌にしても、なんのアタリもないうちに、何かがエサをかすめていく」

そして、「あかん」にまでたどりついてしまった。もう、打つ手はないのか。

予定の日程の半分は、すでに過ぎていた。アマゾンでの釣りを切り上げて、パンタナル大湿原にまわるべきだろうか。これ以上遅くなると、大湿原でのドラド——「河の虎」と呼ばれる金色の魚——の釣りの時期も逃してしまう……。

しかしそのために、時期を入念に合わせて日本からはるばる飛んで来た。ここで諦める、でいいんだろうか。

「釣りの文章とはな、釣れんときこそ、照り、艶、張りが出るもんや。気にしなさんな」

小説家は悔しかっただろうが、いっそさっぱりしたように、そう言った。

一九七七年九月も半ば、日本を発って一月以上経っていた。

「あかん」にいたるまでの彷徨のある日、森さんが血相を変えてモンテ・カルメロ号の操舵席から降りてきた。

「今夜中にサンタレンまで船を回さなければ間に合わないんですがね、あいつはどうも危ない。くどく言ったんだが、居眠りでもされたらかなわんから、皆で交代で不寝番をしましょうや」

あいつというのは、たまたま船長の大アントニオが不在で船の操縦をすることになったライムンドという若者のことだった。モンテ・カルメロ号の乗組員は大アントニオ、彼、小アントニオの三人しかいない。大アントニオがいなければ、十八歳の彼が舵を取るしかないのだが、今回は急なことで、夜を徹して走らなければならない。

アマゾン河の中心部は流れが強い、というのが森さんの説明だった。スピードを稼ぐためには、岸に近い、流れのゆるいところを通らなければいけない。

しかし、月明かりはあるとはいえ、ジャングルはすでに黒いシルエットになっていて、ディテールはまったく見えない。その岸からほどよい距離を保ちながら河をさかのぼるというような芸当が、果たして十八歳の若者にできるのだろうか。

「第一、方向はわかるんでしょうか。この暗さですよ」

不安になったわたしは、森さんに訊ねた。

「それは、連中は慣れてるんで大丈夫なんですけどね、居眠りでもされて、船が倒木や浅瀬に乗り上げるのが怖いんですよ。めったに夜はこのあたりは船が通らない。そんな例がいくらもあるんです。真夜中に浸水を起こして船が沈んで、みんなピラニアのエサになったとか」

アマゾン経験のある人には、共通する一つの傾きがある。この流域にひそんでいる危険を並べたてて、行ったことのない人やこれから行こうとする人を脅し上げる歓びを抑え切れない。

まず、映画『緑の魔境』で世界中にその恐ろしさを、やや誇張ぎみに轟かせたピラニアを筆頭に、ムクイン、マルインという猛烈にかゆいダニ、眠っている間に爪と肉の間にタマゴを産みつけるという厄介な砂ノミ、傷から毒が回り、肉が融け出すという森林梅毒、毒蛇、毒グモ、その他、その他……。

東京で醍醐さんにまずこれをやられて、本当にまいったことを覚えている。釣りとくれば当然河の上だし、ボートは頼りないだろう。ひっくり返ってピラニアの大群にかじられ、かたちも変わりはてて泥水の底に沈んでいく自分がすぐさま想像できて、眠れなくなったこともある。

「ハリウッドのな、B級映画によくあるやろ」

小説家にもからかわれた。

「ジャングルを探検隊が行くと、事故やら先住民のフキ矢やらで次々と人が減っていくストーリーではな、いちばん影の薄い人物がいちばん最初にやられるんやで」

小説家、菊谷さん、醍醐さん、高橋アミーゴと役割を数えていけば、ストーリーの展開上いちばん危ないのが誰かは明らかだ……。

そんな話をよくアマゾンの上でもお互いにしていた。

森さんのそのときの危惧は、しかし、そのたぐいの脅しではなさそうだった。

手足が大きく、いつも陽気なライムンドには、その気になると片手で舵を支えながら、太いゴムホースでもしごく手つきで船の上からアマゾン河に精液を放出するという特技の持ち主だとの噂があった。最中に座礁でもされたら、たしかにたまったものではない。

夜中の二時頃、順番が回ってきた。船の二階へ行き、操舵席のライムンドに声をかけた。彼はニヤッと笑って親指を立てて見せた。わたしは舳先の突端のところに適当な凹みを見つけ、そこにはまり込んで足で落ちないように踏んばった。

月が船の進む方向に見えていた。右岸のジャングルは黒い壁となって延々と続いていた。モンテ・カルメロ号は、操舵席の屋根についている小さなサーチライトの光を頼りに進んでいた。河の流れに逆らっているために、速度はのろかった。

月の光が水面に反射してこなごなにくだけていた。時おりライムンドをふり返ったり、手持ちの懐中電灯で岸との距離を確認するほかは、特にやることもなかった。

あんなに長い間、月をながめたことはなかったと思う。


また、あるとき。

森さんがどこからか、日本ソバの乾メンを持って来た。サンタレンをベースに、魚をもとめて一週間ほどの〝航海〟に出ている、その何度目かのことだった。

森さんの嬉しそうな顔からして、これはこのあたりでは余り手に入らない貴重品らしいことがわかった。こちらも、日本を出てから一か月近く経っている。

目指すピラルクーは、その気配もない。

日の出とともに船内に吊ったハンモックから降り出し、午前中一杯は太陽にこてんぱんに痛めつけられつつ、釣りや撮影に励む。昼間は魚の食いも悪いし、二時間ほどの午睡は不可欠だ。そこでシェスタの前の昼食だが、今日は日本ソバだ。期待は高まって当然だった。何せ毎日毎日、釣った魚のフライパン焼きか、貴重品のミソ——当時は現地の日本人が家庭用に作ったものしかなかった——を少量使ったミソ汁、魚のカレー、魚の塩汁に野菜とピメンタをぶち込んだもののあたりが、乏しいローテーションで繰り返されるだけなのだから。

その日の昼食の炊事当番は運悪くわたしだった。

アマゾンの泥水をくんで素焼のカメに入れ、泥を沈澱させておいて、その上澄みをすくって鍋に入れる。モンテ・カルメロ号のキッチン——といってもプロパンの火口が二つあるきりだが——で火にかける。これは何とも頼りない代物で、火力は弱い。ようやく湯が沸いたところで、ソバを全部放り込んだ。

大ぶりの深鍋で、お湯の量をたっぷりとって、一気に茹で上げるべし。そんなソバの知識はそのころのわたしにはなかった。

トロ火でソバを煮込んで、しかも湯の量がまるで足らなかったために、一部はまだ生煮えで、あらかたグチャグチャにのび切った、何とも言えない灰色のものができ上がった。

「お昼ですよ」と声をかけると、狭い船内に、それでも自然にできた各人の居場所に散らばってムクインの咬みあとをかいていた皆が集まってきた。

小説家は、鍋の中を見るなり、一言「タハッ」と言ったきり、早々に船の屋根の上にシェスタをしに行ってしまった。夕食まで空腹をかかえても、このソバを食うよりはマシだ、と決意したようだった。

わたしはヤケクソになって、醤油――これは現地の日本人が作って売っている――をかけてソバ（のようなもの）を胃に流し込んだ。

森さんが、何とも言えぬ顔つきで口をモグモグさせているのが痛ましかった。

旅から戻ってしばらくして、編集長に、じつはこんなことがありました、とアマゾンの日本ソバの話をする機会があった。小説家もいる会席でのことだった。すると岡田編集長は、

「――くん、それは大失態じゃないか。ハハ、それは大失態だね、ハハハ」

言葉はなじっているが、顔と声はほがらかに笑っているという、不思議な反応をした。

この岡田さんの反応は、長くわたしの記憶に残って、いまでは二つの仮説のかたちをとっている。

まず、岡田さんはそのとき、編集長としての賭けに勝ったのだ、ということ。このアマゾン紀行は当時としても、一雑誌の企画としては破格のものだった。二か月間という取材期間も長かったが、地球の裏側にある〝秘境〟へ五人もの人間――日本からは四人――を送り込むというのも破格で、雑誌としてのリスクを言い出せば切りがなかった。ピラニアや風土病は本当に大丈夫か。

先生がけがしたり病気にならないか。誰かが奥地で病気になったとして、救助を頼む手段はどうか。金は足りるのか。足りない場合はどうやって送るのか。第一、アマゾンの〝驚異〟は本当に釣れるのか。……

（奥さんの牧さんからは「今回の取材は『PLAYBOY』誌の企画によるもので、不測の事態が起こった場合のすべての責任は開高先生とそのご家族にはなく、同編集部にある」とする一札を参加者全員と家族から取っておくようにとの厳重な申し入れがあった。）

準備期間の一年半の間、醍醐さんには一度現地のポイントとなる場所を下見に回ってもらい、日本まで打ち合わせに来てもらうなど、打てる手は打った。小説家と醍醐さん、醍醐さんとわたしの間の情報のやりとりはほとんどが手紙――それ以外は国際電話とテレックス――だったが、その総数は何十通にもなるだろう。旅の直前に醍醐さんが立ててくれた現地での取材費の見当は六〇〇〇万円。岡田さんは何も言わずにその一・五倍の予算を計上してくれた（実際にあとで精算した金額は七〇〇〇万円ぐらいだったと思う）。

それらリスク、出費をひっくるめて、書き手が開高健だ、という一点に賭け、全員無事に日本に戻ってきて、連載は目覚ましい手応え――編集長は見事賭けに勝ったのだ。失態をなじりつつ笑いがとまらないのはそのためだった、という仮説。

もう一つは、このソバの一件も引き金になって、小説家はアウトドアでの食事について考え直すことになったのではないか、という仮説。これは、めぐりめぐって「オーパ、オーパ!!」シリ

木ニ縁ッテ魚ヲ求ム。

ーズで料理人・谷口博之さんが重要な役割を担って参加するようになる大きなきっかけになった。

「木ニ縁《よ》ッテ魚ヲ求ム。」

ついに釣り竿によるピラルクーの釣りをあきらめ、木の枝に上って長い銛《もり》をかまえる小説家（103頁／151頁）。この前の晩は、モンテ・カルメロ号の屋根の上でやけ酒気味の宴会をした。ピラルクーについては、先にも触れたとおりこの取材の発端でもあり、メインターゲットであり、妄想のネタであり……、これをあきらめるのは小説家にとっても釣り師の沽券にかかわる決断だった。しかし、本文にも書いてあるとおり、最後は、やるだけはやった、完敗だ、という意識は全員のものだった。

明日は、延縄《はえなわ》でも銛でもなんでも、とにかくピラルクーの顔を見よう、撮影しよう。「アマニャン！　アマニャン！」（すべては明日！）。岸辺の木にロープで繋留された船がゆれるほど、小説家ともども飲んで、騒いだ。高橋さんが「よろしく哀愁」を無伴奏で歌い、菊谷さんが「赤いグラス」を無伴奏で歌い、わたしは何を歌ったか忘れたが、とにかくこのボサノバの国にぼろギターの一丁がなんでないのかと文句を垂れた。ライムンドが「ビバ、サンタレン！」と繰り返す地元の歌らしいのをがなりたてて、一同、サンバの国の民にもこれだけの音痴がいるのかと驚いた。

小説家はこのときは歌わなかったが、カナダでチョウザメを釣りあぐねているときも、ある夜、釣りガイドをしてくれた現地の人たちとやけ気味のどんちゃん騒ぎになったことがある。このときは小説家が突然「モスクワ郊外の夕べ」をロシア語で歌ってみんなを驚かせた。

カナダでは二日酔いの次の朝、チョウザメが釣れた。

しかし、ピラルクーは銛でも空振りだった。


モンテ・カルメロ号の〝航海〟から町に戻ると、とにかく一日は全員死んだように眠る。河の水を引いただけの、出たり出なかったりするシャワーもありがたかったが、何より揺れないベッドと、蚊のいない部屋と、多少は働いてくれる冷房がこたえられなかった。

人心地つくと、酒場（ボアチ）に繰り出した。酒場はたいてい町はずれに、赤いネオンをともして客たちを待っている。女たちがいて、酒も飲め、ダンスもでき、望めば奥まったところにベッドのある部屋もある。

アマゾン河のかなり上流にまで、大きな外国船が入ってくる。町どころかちょっとした村のあるところにはたいていこんな酒場がある印象だった。港々に女がいるところからも、アマゾンが海であることが証明されている——そんなことを言い合った。

森さんたちは、わたしたちをそうした場所に連れていってくれたが、彼らは決して遊ばず、こちらが浮かれている様子を見てニコニコ酒を飲んでいた。

薄暗い酒場の中は、ジュークボックスが一台、サンバやポップスの音を響かせている。スポットライトがいくつか、フロアと客席のテーブルを照らしている。女たちはライトをあびると輝く薄物を着てこちらを挑発してくる。

彼女たちは本当にくったくなく明るく見えた。そしてどんな鄙びた場所にも、びっくりするようなボニータがいた。

かなり早い時期に、悪ガキの常として、ポ語（ポルトガル語）の「フデール」（英語のファ＊ク）を覚え、こうした酒場で多用した。今考えると気恥ずかしくもあるが、知っているポ語の数々を彼女たちの前で並べているとき、当然のことながら、いちばん反応のある言葉だった。ポルトガル語が血肉になっている人間が聞けば、赤面ではすまないような迫力が、この言葉には具わっているらしかった。

サトウキビで作ったピンガをベースに、リモン（ライム）をたっぷり搾り込み、ガムシロップを加えた、口当たりの良すぎるカイピリーニャ（＝田舎娘）という名のカクテルを飲みながら、わたしたちは陸でつかの間の、ちょっとした船乗りの気分を楽しんでいた。

明日はまた魚をもとめて河の上に押し出すのだが、それはまったく苦にならなかった。

小説家がこうした飲み屋に現れたのは、本文に書いているように、若者たちとロックンロールを踊ったときの一度きりだった。

＊

森さんの訃報を聞いたのはアマゾンから帰った一年後、七八年十二月だった。

信じられないままに、ベレンで旅行業をしていた森さんの友人に国際電話をかけた。経営し始めたピメンタ畑のことでトラブルに巻き込まれ、現地人の家に抗議に行って、待ち伏せしていたその男にピストルで撃たれた、と言うのだ。

「アロンゾという名前の男だそうです。犯人はまだ捕まっていないようですが……。本当に残念です」

友人の声を聞きとって、とたんにサンタレンを取り囲んでいるぶ厚いジャングルと、滔々と流れる泥水を思い出した。あそこへ逃げ込まれたら、誰にも犯人を捕まえることはできないのではないかと一瞬思った……。

(その後、犯人がサンタレン郊外で捕まったというニュースが流れて来た。)

森さんのご両親は、東京都下青梅市に住んでいた。

アマゾンの旅から十年ほど経ったころ、自分の所属していた雑誌に森さんの思い出を書く機会ができたとき、わたしは二人に会いに行くべきかどうかさんざん迷った。文字どおり死児の齢を数えさせることになるのではないか。せっかく忘れかけていた傷口を開くことになるのではないか。

しかし結局わたしは電話してしまった。ご両親はとまどいながら、こちらの願いを受け入れてくれた。冬にしてはポカポカと暖かい土曜日の午後、二人を訪ねた。

ご両親に会うのは、それが初めてではなかった。森さんが亡くなってしばらくして、お母さんから電話が入った。ブラジルに渡ってからついに一度も会う機会のなかった息子のことを、知っている限りでいいから話して聞かせてくれませんか、ということだった。

それからさらに時間が経って、日の当たる部屋で森さんの思い出を語る機会が来ようとは思ってもいなかった。

アルバムを見せてもらい、手紙を読ませてもらい、こちらは森さんのブラジルでの思い出を話し、ご両親から若いころの彼の話を聞いた。

森さんの旅は、想像以上に困難だったようだ。

青森県黒石市に生まれた森さんは、お兄さんと二人兄弟だった。中学を出るとすぐ、夜間高校に通うために、親戚を頼って上京している。以来、二十三歳で日本を離れるまで、都庁に勤めたり、洗濯屋の手伝いをしたり、様々な職についたらしい。それがいつのころからか、ブラジルに渡る夢を友人と語り合うようになる。

当初は友人と、そして両親と一緒にブラジルに渡る計画でいたようだった。しかし、まず病気がちの母親を気づかって両親が断念し、直前になって友人も行けなくなり、彼は結局ひとりで横浜から船に乗ることになる。当時中学生だった姪は、その見送りのときの様子をよく覚えているという。

半年後、初めて両親のもとに届いた手紙の中で、森さんはこう書いている。

「今迄御無沙汰致しましたのも、来てすぐにいやな所に来たと、一も二にも日本の事が頭から離れず気力を失い、帰るに帰れず、これではいけないと思い、とにかく、生活に自信をつけることが先決問題と思い、皆には非常に侮辱することになりましたが、何より里心を消すには〝日本〟を忘れることと思い、今迄御無沙汰致した次第です」

ブラジルに着いてすぐ、自分の荷物が手違いでまったく別の所まで行ってしまったのに気づく。取りに行こうにも、国の大きさと劣悪な交通事情では往復三十日はかかるというので泣く泣くあきらめる。文字どおり裸一貫のスタートだった。

必要品を買いそろえるだけで借金はどんどんかさみ、日本で聞いていたのとはまったく違う働き口と条件、帰るに帰れない絶望的な状態だったことが、その手紙には書かれている。

両親への手紙だけに、それでも筆をひかえた部分が多かったに違いない。

そして十五年後、森さんはわたしたちの前に、ベレンとサンタレンで青果商を営み、サンタレン近郊にピメンタ（トウガラシ）の畑を持つ成功者として現れる。ベレン市には自宅を構え、日系ブラジル人の奥さんと二人の娘を持つ一家の主として。

サンタレンでの予定を終え、いよいよ別れるとき、森さんはわたしたちの船に積んでくれた山のような商売ものの野菜の代金すら受け取らなかった。

「何か日本のもので食べたいものがあったら言ってください、送りますよ」

菊谷さんがそう訊くと、森さんはしばらく考えてから、身欠きニシンが手に入ったら食べてみたいですね、と言ったそうだった。

その話をすると、お母さんが意外そうな顔をして、「こちらには、そんなこと言って来たことがなかったのに……。本当は食べたかったんだねえ。大人しく洗濯屋でもしていれば、あんなこともなかったのにねえ。ピメンタなんかに手を出すから……。でも、それが夢だったんですから、仕方ありませんねえ」

そう言った。


三十三年後のサンタレン。

市の象徴、カテドラル。薄いブルーの壁に白で縁取られた二つの尖塔を、昔のまま空に突き出している。ノッサ・セニョーラ・ダ・コンセイソン教会。一七六五年に基礎。一九八七年に内部をリフォーム。美しいが、小ぢんまりしたすがた。

河岸から見ると、その手前に、教会の前庭のように、懐かしい三角広場がある。周囲を樹木が囲むようにして陰を作り、広場の中央に露天の雑貨商のテントが並ぶ。

広場を囲むようにしてある通りの角に、当時一階に森さんの青果店の入っていた建物があった。中央部に立つ太い柱もそのままだが、靴店になっていた。店員も五、六人はいて、品ぞろえも豊富、繁盛しているように見えた。

森さんの店のわきを通って、広場からのびていた店屋街。小説家と菊谷さんが冗談半分に、パリの名店街にならって「サンタレンのフォーブール・サントノレ」と名づけた。ここで、それぞれのハンモックやヘジ（蚊帳）などをそろえたし、小説家がサンタレン・クイヤバ街道やパンタナルで被っていた、赤い編み込みの入った洒落たストローハットを買ったのもここだった。

そのサンタレンの名店街は、にぎわいは昔のまま、菊谷さんたちがつけた名前にふさわしく、路面がタイル張りの洒落たプロムナードに変わっていた。

第五章　業火なのか、浄火なのか

日本から空路飛んで行ってブラジル・アマゾンに出合うためには、まず二つの入り口が考えられる。

一つは、ベレンの国際空港に降り立って河口付近のアマゾンを望む。

もう一つは、中流域の岸辺の都市、マナウスの国際空港に舞い降りる方法である。


三十三年後のマナウス、九月。

朝、河沿いの市場へ行ってみる。観光スポットとして有名な、ゴム景気に沸いた十九世紀当時を忍ばせるというリスボア市場は改築中だったが、マーケットの機能は隣接した小売店の集合が果たしている。朝一番のにぎわいが過ぎて、売り買いは落ち着いているようだった。太陽は融けたオレンジ色の鏡のように、光と熱で大地を叩き始めていて、すでに日陰の色は濃かった。

防波堤沿いに歩きながら、河を見渡して、その褐色の水の減り具合にびっくりした。この乾季の真只中、アマゾン河――正確には、この街のすぐ下流でソリモンエス河と合流してアマゾン本流を形成するネグロ河――は、大河というにはあまりに痩せていた。

大小たくさんの貨客船、客船、遊覧船、釣り船が、水が引いてできた浜辺や、その先まで引っ越ししたらしい桟橋の両側に繋がれている。

沖には船のためのガソリンポスト（給油所）がのんびり浮いて見える。

重そうな荷を担いだ乗客たちが砂浜を桟橋に向かってぞろぞろ歩いている。桟橋のどれか、出航の近い船がいるのだろう。


魚や肉、野菜を扱う市場から通り一本内陸に入ると、船まわりの装備、道具類を扱う店が軒を連ねている。アマゾンの河旅に欠かせないものといえば、まずハンモックとハンモック用の蚊帳。ハンモックは材質、織り方、柄、サイズで驚くほど種類がある。他にも、魚網やウキ、ロープ、大型のリール、ウインチ、もちろん釣り竿や、刃物。帽子、衣類、サンダル……頭のてっぺんからつま先まで、必要なものはすべて売っている。海のにおいのぷんぷんする品物ばかりだが、ここではすべてが河上生活の日用品だ。

七七年の旅のとき、小説家がアマゾン流域で愛用した、ヤシの葉を編んだ茶色い麦わら帽子は、サンタレンの露天市で買った。

「これを被ると、よけい顔がまあるく見えへんか？」

似合うかどうか他人に尋ねるのは珍しいのだが、そのとき、小説家はただでさえ「まあるい」顔に満面の笑みを浮かべてわたしたちに聞いてきた。露天に鏡がなかったこともあったろうし、小説家のほうにも答えを聞くつもりはなかっただろう。誰か何かを答えたのか記憶にないし、第一、帽子の選択肢が他にそんなにあったとは思えない。

マナウスのこの漁具の通りをしばらく歩きまわってみた。だが、もう少し高級そうな帽子はあるものの、あのようなヤシの帽子は見つからなかった。今では安価すぎる商品になってしまったのかも知れなかった。

（当時の通貨単位はクルゼーロ。ブラジル国内の円の市場は小さすぎるため、取材費はすべてUSドルで持ち込んだ。奥地に入るとドルを受け取らないケースもあり得るというので、まとめて両替し、山のようなクルゼーロの束を運ぶために、ぼろぼろの布カバンを調達した。一〇〇ドルで片手に乗り切らないほどの、輪ゴムで留めた札束の固まりになった記憶がある。

ちなみに、一九七七年八月〔出発時〕の為替レートは一ドル＝二六五円半ば。その後、年末にかけて二四〇円を切るまで急騰した。）

河岸に戻って、市場の近くの堤防の上から、言葉を探しながら河を眺めていると、

「サンタレン？」

ショートパンツによれよれのTシャツの浅黒い男が声をかけて来た。

「シン」

と応えれば、男はにっこりして親指を立て、二日か三日かけて自分の小船で、懐かしい河辺の、河風の涼しいあの町まで連れて行ってくれるのかも知れない。一瞬、うれしさに目が眩みそうになった。

河の水のにおいのするところまで浜辺を降りて行って、船内に自分のハンモックを持ち込む。ミネラルウォーターのボトルを一ケース、パンと日持ちしそうなジャム、干し肉とファリーニャを混ぜた非常食。

船の縁に座って、明るいうちは日がな一日、河を眺めていてやろう。小さな船なら、比較的岸に近いところを下るだろう。移り変わるジャングルのいろんな相も、手に届きそうな距離で見えるだろう……。

現実には、サンタレンへの船旅はできない。今の自分の体調では、小船の上での野性的な食生活は文字どおりの「食の冒険」になってしまう。

七七年の旅の際、マナウスには一泊しかしなかった。雑誌の読者記者二十名と合流するという宣伝イベント（「PLAYBOY」創刊二年記念企画）のため、釣り場からいったんサンタレンに戻り、一日だけの予定で飛んで来た。

会場となった「トロピカル・ホテル・マナウス」は、レセプション脇の中庭を鎖をつけたヒョウの子どもが闊歩し、アマゾン流域では見かけなかったハチドリが、ホテルの庭の花をついているという、サービス満点のリゾートホテルだった。アマゾン産の紫檀黒檀《したんこくたん》、貴重な木材をふんだんに使った豪華な造り。その贅の凝らし方に最初に反応したのも小説家だった。

「驚いた。アイアンウッドのクローゼットなんて、初めて見た。トイレのドアまで黒檀製やないか。これはすごいで」

釣り取材の中断になったにもかかわらず、小説家はこの都会への小旅行にも驚きを見つけ、楽しみに変えてしまった。

ホテルのディスコは、夜中の十二時オープンとのことで、着飾った女性たちが真夜中のホテルの通路に列を作っていた。

アマゾンに入ってすでに三週間、太陽とムクインと船上生活ですっかり鍛えられて、いっぱしのアマゾン人になっていたつもりのわたしは、編集長、宣伝部員を始め、日本から来てくれた一行の一挙手一投足が異様に素早く見えるのにびっくりした。アマゾンに生きる人々の、すべてにゆったりしたテンポに慣れ始めていた眼に、日本から来た一行の動きは強く印象に残った。

彼らの動きは、三週間前、日本を出発する前のわたしの動きそのままだったに違いない。しゃべり方も、互いの心を推し量るスピードも。

大げさに言えば、日本を発って数日しか経たない一行はまだ日本の時間感覚の中にあり、わたしたちはそれが異様に感じられるような時間感覚に馴染み始めていた、ということだろうか。

「マナウスの岸壁。」

というキャプションの付いた写真（モノクロ使用）がある（単行本194頁）。一階建ての屋形船のような小型船が繋留してある岸壁に、レリーフで「１９０９」とか「１９７５」とか童謡で歌われる「柱のキズ」みたいに水位が表示してある。小説家のキャプションは続いて「数字はそれぞれの年の増水の高さを示している。年によっては十ｍから二十ｍの差がある。」とある。滞在時間が短かったので、本に使われているマナウスでの写真はこの一枚しかない。

小説家は、しかしこの往復の空路で、タパジョス河とアマゾン本流の合流点など、アマゾン中流域を空から認めて、その印象を本文に書いている。高橋カメラが苦労して撮った空撮写真には「黄色いアマゾン本流（これがアマゾンの色）と青いタパジョスが争いつつ流れていく。」というキャプションが付いている（85頁／110頁）。

この一泊の滞在のあと、飛行機の乗り継ぎのためもう一度マナウスに立ち寄るはずだった。しかし、七七年の旅のとき、小説家とその一行はここへは戻らなかった。サンタレンから直接南へ、陸路を車で一七七四キロ、マットグロッソ州の州都・クイヤバを目指すことにしたのだった。

小説家は赤い土ぼこりの中を駆け抜けた三晩四日の体験を、第五章「河を渡って木立の中へ」に、ダイヤモンド掘りの取材と一緒に書き込んでいる。この一章は、後で触れる高橋さんの主張がなかったら生まれなかった。

——さて、ここまで、自分の記憶にある小説家の言葉やシーンを核に、小説家が書いた『オーパ！』本文と高橋さんの写真を参照し、キャプションはそのつど引用して三十三年前の旅のことを書いてきた。ここで、さらに参照するものを二つ追加したい。

一つは、このサンタレン・クイヤバ街道走破のあと、ドラドを釣りに入ったパンタナルのロッジなどで、酒を飲みながら小説家やみんなでこの旅の「章立て」の議論をしたときのわたしのメモ（以下これを、「仮目次」と呼ぶ）。このときの具体的な様子は後で触れるが、仮目次の段階では、次のようになっていた。

第一章「南（赤道）の紳士」（注／アマゾン一般入門篇　以下同）
第二章「水のテロリストたち」（ピラニア、肉食ドジョウ篇）
第三章「知られざる名魚」（トクナレ篇）
第四章「巨人と美しい小人たち」（ピラルクーと熱帯魚篇）
第五章「跳躍する黄金」（ドラド篇）
第六章「狂気の芸術」（ブラジリア篇）
第七章「愉しみと日々」（食のブラジル篇）

実際の本での目次は次の通り。

第一章「神の小さな土地」（注／E・コールドウェルの同名の小説より　以下同）
第二章「死はわが職業」（R・メルルの同名の小説より）
第三章「八月の光」（W・フォークナーの同名の小説より）
第四章「心は淋しき狩人」（C・マッカラーズの同名の小説より）
第五章「河を渡って木立の中へ」（E・ヘミングウェイの同名の小説より）
第六章「水と原生林のはざまで」（A・シュバイツァーの同名の自伝より）
第七章「タイム・マシン」（H・G・ウェルズの同名の小説より）
第八章「愉しみと日々」（M・プルーストの同名の初期文集より）

「タイトル、というのは、内容を必ずしも説明せんでよろしい。それに寄り添って書くことができれば、なおよろしい」
そう言っていた小説家が、すべて原稿段階で最終的には自分で決めた。仮目次はほぼ実際の目次と一対一対応になっているが、一章足りない。第五章「河を渡って木立の中へ」に当たる章がこの段階ではなかったためだ。

もう一つは、二〇〇四年に茅ヶ崎の開高健記念館の遺品の中から「発見」された、小説家自身の手になるアマゾンの旅のメモである。

小説家は常々、「メモに頼ると碌な文章は書けない。時間が経って忘れていくものは、それだけのものでしかない」という意味のことを周囲に言っていた。旅の道中、わたしは小説家がメモを取るところを見なかったし、事後、書き上がった原稿を見て、その文章の精度やビビッドさに感じ入り、小説家の記憶容量の巨大さに感動さえ覚えた。文章とはそうやって書くものか、と思い込み、自分で雑誌のインタビュー記事を書くさいに真似をして大失敗をやらかしたこともある。

そして以降、小説家との長い旅の間も、「タバコの包装紙の裏にメモした」とか「コースターの裏にスケッチした」とかいう言葉を聞いたことはあっても、「メモを取らない」という小説家のやり方を疑う理由はなかった。

だいぶ後年、アラスカで砂金の取材をしたときに、帰国してから、金について調べてレポートを出せと言われたことや、スリランカで膨大な宝石の種類を取材したとき、8ミリビデオで各宝石の撮影の様子を撮って、それをもとにメモを提出したことはあった（宝石の場合、色が微妙で形の似ているたくさんの原石を記録し分けるには、ポラロイドでは間に合わず、VTRに説明の音声とともども記録する他なかった）。だが、それらは特殊なケースで、そのことが逆に小説家がメモを取っていなかった証明にさえわたしには思えたものだ。

したがって、この「メモ発見」の知らせにはびっくりした。菊谷さん始め、アマゾンに同行した者ばかりでなく、メモは取らないと思っていた関係者は多かっただろう。

発見者が送ってくれたメモの複写画像を見ると、このノートをつけ始めたのが、サンパウロからベレンに入ったあたりだと見当がついた。だが、メモされた語句のほとんどは、ああ本文のあそこに使われたんだな、記憶をたぐる「タグ」の役割だな、と想像できるものばかりに思え、わたしはそのまましばらく吟味もせずに放置した。

今回、三十三年前のアマゾンの旅を追体験しようと思いながら記憶や情報を整理している中で、そういう眼でこのメモを見直してみると、『オーパ！』の本文にもキャプションにも使われていない、小説家の生の息づかいが感じられる箇所がそこここにあるのに気づいて、座り直した。

たとえば、マラジョ島にいるときのメモに、

「ニワトリの声で眼をさますのは1968年バナナ島以来。あらゆる酒。」

という語句の一かたまりがある。この、1968年、バナナ島というのは、あきらかに小説家が二度目にベトナムを訪れたときのことである（『サイゴンの十字架』など）。熱帯の自然の中で眼を覚ますのが、それ以来——十年弱経っている——だというのだ。

『オーパ！』本文には、ベトナムでの経験についての直接的な記述はほとんどない。強いて探せば、サンタレン・クイヤバ街道へ陸路出発する場面の直前、若者（つまりわたしたち）とボアチに行ってロックンロールを踊ったが、「空に照明弾が漂っていず、銃声も聞えず、トイレにブタが寝ていず、道路わきの溝に死体がころがっていないのでそのまま旅館へひきあげてしまった。」

と書いているところぐらいだ。

わたしは、アマゾン、パンタナルで魚を追ってさまよっている間、小説家が終始見せていた底抜けの明るさが気になっていた。その由《よ》って来るものが何か、知りたい気持ちが長くあった。まだ小説家との旅が始まったばかりだったから、表現者として書いているものとは違って、ラテン的なもう一つの人格があるのではないかと、馬鹿なことさえ思ったものだ。

あるとき——ずっと後になって——、「戦火なきジャングル」という言葉が浮かんだ。小説家にとってアマゾンは、「眉の間をのびのびと開いて」釣りに没頭し、大自然の驚異やその果実を楽しんでもいい、戦争を意識しないでいい場所として、感じ取られていたのではないか、と。だが一方で、そういう書き方はどこにもされてはいないが、小説家の描くアマゾンの遠景や近景につねに、ベトナム戦のジャングルが見えていたのではないか——そんな仮説もじゅうぶん成り立つのだったが……。

「開高メモ」にあるニワトリの声のくだりを目にして、改めてそう思った。ただ、同じかたまりにある「あらゆる酒」というのは何を指すのかわからない。

＊

トクナレは大釣りしたものの、最大の目的のピラルクーは釣れなかった。しかし、そのすがたはなんとか写真には収めた。予定の日数の半分以上が過ぎていた。

「さあ、――くん、どないする。サンタレンでさらにピラルクーを追うか、パンタナルへ移動してドラドを攻めるか。あとは日程と取材費に相談やで、大蔵大臣！」

小説家が随行者にご下問ある。

確かに、目的のピラルクーについては完敗に近い。写真も正直、不満が残る。大ナマズ、肉食ドジョウといった大脇役たちもすがたを見ていない。もう少し粘るか。

ただ、アマゾン水系とパラグアイ水系と、場所が異なるとはいえ、予定を超えてピラルクーとアマゾンに日数を使ってしまった。これ以上遅れると、パンタナル大湿原でのドラドも、釣りの時期を外してしまう恐れがある――そう、醍醐さんも言う。初めての大きな決断の時が、大蔵〝ザル〟大臣に回って来てしまった。

ここで諦める、という判断でいいんだろうか。ただ、小説家にはもう諦めの色が濃い。

「パンタナルへ飛びましょう」

これがわたしの結論だった。サンタレンの空港から、マナウス経由、クイヤバまで、どう長く見積もっても一日あれば移動はすむ。ドラドに心を切り替えよう……。ところが、高橋カメラが異議を唱えた。

「空を飛んだら写真が撮れません」

「………」

そのあまりにシンプルな正論にみんな息を呑んだ（と思う）。

そうだ。ここまで、ジャングルの中の水の流れの上はさんざん移動してきた。確かに、河は動く道だった。だが、この国に来て、ジャングルの中を、大地の上を、走ってはいない。

「ジャングル大陸に朝がくる。(パラ州にて)」というキャプションの一枚がある(124頁/178〜179頁)。画面全体を霧のようにおおうのは紫色の土ぼこりと湿気を含んだ朝の大気で、大きな風景の中、一本道の向こうからヘッドライトを点けたトラックが走ってくる。

「赤い土の眩耀が原野をつらぬく。」(126頁/182頁)どちらも、高橋さんの提案がなかったら目の当たりにすることのなかった、「ジャングル大陸」の深奥、はらわたのようなものではないだろうか。

走り続けるわたしたちの前や横に、煙が棚引いたり、燃えさかる火が見えることがたびたびあった。小説家はその一枚に、

「ジャングルの野焼き。道路か、畑か、牧場のため。つまり人間のための火である。業火なのか、浄火なのか?(マットグロッソ州にて)」

というキャプションを付けた(ともに14〜15頁)。また、

「ジャングルの野焼きの跡は先史時代の巨獣の墓地のようにみえる。」

ジャングル大陸に朝がくる。(パラ州にて)

という一枚もある（130〜131頁／190頁）。

ジャングルには、落雷や異常乾燥、木々の摩擦などによる自然発火が多いと聞いていたが、焼けている森を見ると思わず身構えてしまうのだった。

（三十三年後の旅でサンパウロからベレンへ向かう空路、アマゾン河のはるか南にあるサンフランシスコ河に差し掛かったあたりから、あちこちで煙が上がっているのを見た。その数は、機窓から一度に見えるだけでも十か所を超えるところがあった。ベレンでそのことを尋ねたら、そのほとんどは、焼畑ではなく野火だろうとのことだった。）


三晩四日、サンタレンで雇った乗用車一台、小型トラック一台に分乗し、盛り土があちこち崩れている、できたての赤い土ぼこりの一本道を、ひたすら南へ走る。トラックには高橋カメラとわたし。乗用車には小説家、菊谷さん、醍醐さん。雇った運転手はパイシュン、オッサン、ホールデンの三人（オッサンとホールデンはあだ名）。この場面では、つい離れがちになる二台の車の連絡用に、わたしが秋葉原で吟味して用意していったハンディトーキーが役に立つはずだった。

しかし、この機器はここでは機材とすら呼べなかった。直線距離で数キロは届くというたい文句だったが、一本道とはいえ離れる距離は数キロどころではなく、また地形にアップダウンが激しい「波状台地」のため、すぐ見通しがきかなくなる。

「ドンゾ？　ドンダバ、ドンゾ？」

先端機器のはずだったものは、わたしたちの通じないやりとりを聞いていた運転手三人組の、昼休みのおもちゃとなってしまった。「どうぞ? 聞こえますか? どうぞ?」。わたしは心底がっかりした。

ちなみに、日本から用意していってまったく役に立たなかったものが、他にもいくつかある。

まず、山歩き用のバックパックフレーム。軽金属でできた「背負《しょ》い子」で、フレームに荷物を積み上げてバインドするタイプのものだ。当時、それまで全盛だったキスリング(横に幅広いザック)から移行して、これが流行りだった。このフレームは、映画の探検隊のように長々と地表を歩くには良かったが、アマゾン流域での移動はほとんどが船で、荷物を背負って歩く場面は皆無だったため、フレーム類はいつしか、顧みられることなく、船の片隅で蹴飛ばされる余計ものになった。

イチジク浣腸。これは、海外旅行で便秘に悩まされたという同僚女性の意見を入れて大量に持って行ったが、みんな、これが必要なような上品な腸の持ち主ではなかった。途中で鼻でせせら笑われてあらかた捨てられた。逆に、キンカン、ムヒの類は圧倒的に足りなかったし、小説家の書いているとおり、ムクインの痒さにはほとんど効かなかった。

持って行って意外によかったものとしては、第一にポラロイドカメラ。お世話になった人たちにお礼にこれで写真を撮ってあげると、あとで写真を送ることなどできない地域だし、時代だし、その場でプレゼントできるので喜ばれた。

もう一つは双眼鏡。ロボ・ダルマダ号で河をさかのぼっているときに、これは楽しめた。船の上からジャングルの樹幹にいる動物や飛んでいる鳥などを、手が届きそうなところまで引き寄せて見ることができる。飛んでいる鳥を双眼鏡で追うと、自分も一緒に飛んでいるような錯覚さえ受けて陶然としたものだ。高橋さんは望遠レンズ越しにアップでものを見ることができる。しかし小説家は、自分の眼で見ることに拘《こだわ》る人間だから、文明の利器にはしゃぐわたしたちを見て、「ケッ」と軽蔑するそぶりさえ見せて、覗こうとはしなかった。水面の紫外線の反射をカットして水中を見やすくする偏光サングラスが流行ったときも、「そんなもん使こたら、魚に卑怯やないか」の一言だった。

＊

小説家と初めて会って間もなく、茅ヶ崎に打ち合わせに行くと、こう言い渡された。

「闇の三作目が書けん。もう、四、五年苦しんでおる。本当ならアマゾンとかに釣りに行っていられる身分やないんや。矢来町（＝版元の新潮社）がえらい怒りよる。君たち、アマゾンに釣りに行きたいのなら、祈るこっちゃ。一日一回祈るんやで」

何を祈るかというと、「闇の第三作が完成しますように」。

「原稿！　だけでもええよ。一日一回、寝る前でも、歯を磨いてるときでもなんでもええ。わかったね」

「原稿が書けない！」で頭をかきむしるという、ちょっと戯画化された作家像があるけれど、本当だったんだ！

自分を戯画化するのは小説家のスタイルの一つだった。文字にすると尊大にしか見えない科白でも、そこにはどこか自己を客観視している透明な知性があり、そこからにじみ出るユーモアが小説家の放射する魅力の一つになっていた。

しかし、この「祈れ！」には自己戯画化だけではない切迫感も伝わってくる。申し訳ないような思いもしたが、トイレに入るたびに条件反射し、おまじないのように「原稿！」を唱えた。そのたびに、ああ、今度はせめて歯を磨くときにしよう、と思いながら。

初めて開高健の小説を読んだのは、十八歳のとき。

一浪はひとなみ、といわれていた時代――大学受験は「戦争」ということになっていた――で、他と同じじゃ面白くないだろう、などと言い訳して、宅浪を決め、図書館通いを始めた。

その図書館は開架式で、そこから望みの本を何冊か引き出して席で読むのを、四十五分間の昼休みの楽しみにした。一九六八年から六九年にかけて、『三島由紀夫評論全集』（一九六六年、新潮社）を導きの糸に乱読・拾い読みにふけった。謡曲、ラシーヌ、コリン・ウィルソン、福田恆存訳シェークスピア、ラディゲ、カミュ、リルケ、マン、安部公房、堀辰雄、そして何より三島本人……。にわか文学青年の至福の書棚。

ある日、雑誌の棚で、出たばかりの文芸誌のなかに開高健の短編を見つけた。冒頭、どこか南の島の太陽の下、海辺に座り込んだ語り手の視線。その潮だまりの描写の精緻で濃密で猥褻なこと！　これは只事ではないという、めまいのような感覚と一緒に、開高健という名前を記憶した。（ちなみに、後で調べてみると、このとき読んだのは「決闘」という作品らしかった。）

大学に滑り込んでみると、『輝ける闇』が出版されて評判になっていた。当時、ベトナム戦争は、重い・軽い・厚い・薄いを問わず、わたしたちを取り巻くすべてに覆いかぶさっていた。大学構内の廊下にも、喫茶店のコーヒーテーブルにも、列を作って入った映画館にも、バイト先の安酒場のカウンターにも。

三島由紀夫がどこかで『ベトナム戦記』を評して、「ベトナムのあんな現場に行きながら、彼は何も見ていないじゃないか」と切って捨てていたのを目にした記憶があり、確かに三島の言う「見ることの行動性」というのは、時代のキーワードの重要な一つのように、そのころわたしには思えていた。

で、『輝ける闇』と『ベトナム戦記』を、この順番に読んだ。後の小説家の言い方を借りれば、その時わたしはありがちな性急さで「大きな説」を求めていて、開高健の提出する「小さな説」に共感し切れなかったのだと思う。

息を詰めるようにして読んだのだが、やがてわたしは再び、自分の棲む穴に首を突っ込みなおしてしまった——サルトルの『嘔吐』やカミュの地中海エッセイ類、『マルテの手記』のほうに

——。イデオロギッシュな発言が多くなっていたけれど、三島由紀夫もまだ同時代に生きていた。

茅ヶ崎での初めての出会いでショックを受けてから、わたしにとって本当の意味での開高健体験が始まった。

『流亡記』を読み、『夏の闇』を読み、『ずばり東京』『フィッシュ・オン』『声の狩人』を読み、『パニック』『日本三文オペラ』などの初期作品をまとめて読み、『白いページ』を読み、アマゾンの旅の前後に刊行の始まった『開高健全ノンフィクション』（文藝春秋　全五巻）を一巻ずつ、読み終わるのを惜しみながら読んだ。「細部にこそ神の宿り給う」ところの〝大人の文学〟に、いつの間にか浸っていられるようになっていた。

一方で、小説家本人の前に出ると、ますます口が利けなくなった。おいしいです、と言ったきり何も言えないお馬鹿になり果ててしまった。

小説家はいつも、「作家とそのファンは会わないほうがいいんです」と言う。また、だいぶ後になって「——くん。無口なジャーナリストというのはあり得ないんや。もっと褒め上手にならなあかんね」とも言われた。ここでもわたしには、返す言葉がなかった。

——「見ることの行動性」とのつながりはわからないが、「見る」ことと「書く」「表現する」こととのあいだには深い関係がありそうだった。小説家がきょろきょろ視線を移動させるのを見たことがなかった。それどころか、じっと沈潜して、その場の音も臭いも味も湿気も、五感のすべてをじわじわと身体に取り込んで、その向こうの六感さえ引き寄せようとしているかに見えた。

その一瞬あとには、自分を戯画化し切ったいつもの小説家に戻っているのだが。

第六章　さらば、草原よ

クイヤバ。マットグロッソ州の州都。パラグアイ河に注ぐ何本もの支流を擁する大湿原、パンタナルの北の入り口にあたる都市。マットグロッソは「深い森」を意味し、この州は、ブラジル・アマゾンが流れるパラ、アマゾナス両州の南に接して位置する。

一九七七年、小説家とその一行は、当時できたばかりのサンタレン・クイヤバ街道を走りに走ってここに着いた。猛暑と土ぼこりにまみれて三晩四日、たどり着いてみると、クイヤバはビルの立ち並ぶ大都会に見えた。

「極端やで、この国は」

小説家が呆れたような、そのくせ嬉しそうな口調で言う。割り当てられたホテルの部屋は、ルームナンバー「115」。今度は小説家と菊谷さん二人して喜んだ。「115」はポルトガル語で「ウン・ウン・シンコ」と発音できる。

三十三年後の旅で、クイヤバの記憶の中心に当たるのはどこだろう。やはり、河しかない。探してみると、水上レストランは二つあった。

クイヤバ河にかかる橋は、旧市街から車で五分ほど。その橋をはさんで上流と下流に、それらはあった。どちらも大きな水上フロートを何本か浮かべてその上に板を敷き、床を張り、テーブルと椅子を二十人分ほどセットしてある、ほぼ似たような造り。ただ、記憶の中ではっきりとした特徴のあるのは、下流にあるレストランだった（上流にあるほうは二十一世紀になってからできたらしい）。

河には河風がある。熱帯に棲むには、木陰とこの風は必要不可欠の生活環境だ。乾季のこの時期、やはり水量は減っており、河岸からレストランまで坂道を下りなければならなかった。入口の渡し板をわたり、かすかに揺れるフロアに立つ。

レストランの吹き抜けの柵の外に、川面に突き出した縁側のようなデッキがある。間違いない。三十三年前に来たのは、ここだ。このデッキに出てクイヤバ河にルアーを投げたら、ペーシュ・カショーロ（＝犬の魚。下あごの歯が犬歯のように伸びている）が面白いように釣れた。

食事をしに来て、そこで釣りもしてみるというのは、醍醐さんのいたずら心だった。彼がこのレストランまで携えて来たのは、自分でバルサ材を削って作った自家製のルアーだった。

小説家は釣り竿にも触らず、はしゃぐわたしたちをニコニコしながら見ていた。

クイヤバを基地に出撃を繰り返した。〝黄金の魚〟ドラドを揺籃する大湿原パンタナルは、文字どおり、鳥、獣、虫、魚の楽園だった。

アマゾン流域では滅多に出食わさなかったワニも、二、三メートル級のが甲羅干ししているのをよく見かけた。曲がりくねったジャングルの中の水路をモーターボートで走ると、行く手に次々と心が躍る風景が広がった。

岸に上がっていたワニたちは、ボートが近づくと大きいものから身をひるがえして水の中に逃げた。そうした用心深い個体が生き残って大きくなったのではないか。そう言うと、

「俺にはそうは見えんがね。小さいほうから逃げるやろ」

あるいは、ワニの嫌いなわたしが、大きな個体にばかり目を凝らしていたからかも知れない。

言えるのは、それだけワニの姿があった、ということ。

南アメリカに棲むワニはアリゲーター科のカイマンという種類らしいが、現地で聞くと、昔アマゾン水系には大型のジャカレ・アスーと普通サイズのジャカレの二種がおり、アスーはワニ革を目当てに乱獲され、数が激減しているということだった。

このパンタナルの、クイヤバ河とパラグアイ河の合流地点一帯は自然保護区で、釣りやハンティングのライセンス制などや、モーターボートやロッジなどの宿泊施設もその頃からわりあい整っていた。わたしたちはアマゾン側から入ったので、アマゾンの野放図、破天荒の延長にこの大

自然があるように錯覚していた——わたしだけかも知れないが——が、この大湿原はパラグアイ、ボリビアにまたがる国境地帯の性格もあり、サンパウロなどの都市部とは鉄道や道路など交通的にもルートがある。かなり計画的な自然保護プログラムが比較的早くから動いていたのだと思う。

菊谷さんは、どんなときでも明るさを失わない人だった。

アマゾンの旅では「連絡将校役《リエゾン・オフィサー》」という位置づけを小説家からもらっていた。何事にも「気働《きばたら》き」の足りない、新人意識の抜けない編集者だけでは心もとなく、大作家の気心をよく知る人がいたほうが安心できるという送り出し側の思いだっただろう。

この心遣いは大成功だった。

旅や釣りの案内、手配、通訳は全面的に醍醐さんに頼らざるを得なかったし、カメラマンはフィルムの装塡やレンズの交換、機材の担ぎ手として、わたしのようなにわか助手でもいいから手が必要、という状態。小説家と行動を共にする機会は、菊谷さんがいちばん多かった。これは小説家にとってマイナスになったはずはなかった。

釣りが不調なとき、ムクインに食われて全員気が狂いそうな痒さに苛まれていたとき、段取りがうまく運ばずギクシャクしそうになったとき、連絡将校の絶妙な機転に何度も救われた。

クイヤバで基地にした「サンタ・ローザ・パラセ・ホテル」は、アマゾンから走ってきた身には目を剝くようなトロピカル風の瀟洒なものだった。「ウン・ウン・シンコ」でひとしきり喜んだあと、中庭に小さなプールを見つけた。

「ピッシーナか。フランス語とよう似てる」

案内板を見ながら小説家が言い、菊谷さんがうなずいた。わたしには何のことだかわからなかったが、それだけで話が通じる二人に妙に納得して、単語だけは音として記憶した。

菊谷さんと小説家は、歳も四歳違いで、話の通じる範囲も広かった。同じ部屋に入ってもらうことが多かったので、そこでの感想・観察のキャッチボールはおそらく小説家の書いた本文の随所に反映されているはずだ。

調べてみると、フランス語でプールは piscine、ポルトガル語では piscina だった。

この単語を小説家がどこで覚えたのかを想像するのは楽しい。

たとえばフランス映画。『地下室のメロディー』（一九六三年日本公開）のラストなんかがすぐ思い浮かぶ。なぜなら、ジャン・ギャバンは小説家の大のお気に入りだったから。

この想像自体は検証しようがないが、ある年代の洋画――戦中・戦後のある時期から少なくとも七〇年代の終わりごろまでに日本で公開されたもの――について、小説家は実によく観ていて詳しかった。そのことは、一九八四年に行われた淀川長治との楽しすぎる対談（『一言半句の戦場』二〇〇八年、集英社、に収録）を読めば、詳しさのディテールまで納得できるだろう。

アマゾンの旅の空でも、あちこちの夜、小説家と二人で、あるいは菊谷さんと三人で、映画の話を延々とした。ブンガクチックな話は厳に避けるのがわたしたち野外取材班の不文律のようになっていて、わたしが小説家たちに着いていけそうな話題といったら映画しかなかった。なぜなら、創刊号の「ＰＬＡＹＢＯＹ」からしばらく映画欄の担当を務めたので、当時最新の映画の話題を提供することはなんとかできたからだった。

アマゾンの旅の中で話題になった俳優たち。思い出すと、ピーター・ローレ、ジャン・ギャバン、ウイリアム・ホールデン、カンティンフラス、カール・マルデン、ジョージ・ケネディ、ドナルド・プレザンス……。サンタレン・クイヤバ街道の大食い運転手・ホールデンを始め、ほとんどが旅の途上で会った人たちからの連想だった。

アマゾンの旅から帰って、連載が好評を得、読者アンケートで毎回一、二位を争うようになると、ぜひ釣りとは別の短編エッセイを、連載でお願いしたいということになった。前例のない大プロジェクトの立役者だった岡田編集長は、ニコニコしながらこう促した。

「――くん、二か月も開高先生と一緒だったんだ。そこから何か連載プランを出しなさい」

で、さっそく三つの、実現すれば面白いに違いない趣向を考えた。

まっさきに思いついたのは「開高映画館」。映画にまつわる開高健の連載エッセイ。昔の話でも、最新作でも、批評でも、紹介でも、思い出でも、なんでも面白いと確信できた。

二つ目は、「開高旅の食卓」。ちょっと二番煎じ。しかし、旅の空でずっと思っていたことだが、小説家の食談の面白さは内輪で聞くにはもったいなさ過ぎた。

三つ目は、「開高旅じたく」。小説家が、釣り道具や小物、帽子やベルトに至るまで、一つひとつに開高流のこだわりとうんちくと物語を持っているのが面白かったし、男性誌の誌面にも合うように思えた。

小説家の反応は早かった。

「うん。映画はわたしの大事な趣味です。個人的な楽しみとして取っておきたい。食の話はいま別のところでやってます。旅じたくというのはいいな。君はいいとこ見てる。それ、やりましょ」

小説家に面と向かって褒められた、稀有なこの一回。

「別のところ」というのは、後に『最後の晩餐』となる連載エッセイのことらしかった。われわれの雑誌の連載に小説家は『生物としての静物』という素敵なタイトルを付けてくれた。

逆に、小説家に色をなして怒られたこと。

茅ヶ崎の仕事場にアマゾンの打ち合わせに行くようになってしばらくして、

「女の消し方がわからんのや。迷てるねん」

と言うのを聞いた。「闇」の三作目が思うように進まないと毎回のように嘆いていたが、内容にまで踏み込むことはわたしたちの前では珍しかった。

「女の消し方」と聞いて反射的に思い出したのは、あるドイツの大作家の大長編のことだった。その小説では、最後のほうで、憧れの女性が主人公たちの前からいなくなる場面が、「……が去っていってしまって以来」という副文章の中だけでさり気なく語られていることが、学生仲間の間で話題になったのを思い出して、思わず、

「『魔の山』みたいに、副文章の中で消えていくのはどうですか」

と言ってしまった。そうしたら小説家は、明らかに表情を一変させ、

「余計なこと言うな！」

一瞬後には別の話題を悠然と続けていたのだが、その時は、何かを踏んでしまったようだと思わざるを得なかった。生《なま》な若僧のブンガクロンなど、まったく寄せつけなかった。それは、以前も以降も見たこともない小説家の変わりようであり、表情だった。

その後も何度か、まぜっ返したり、あさってな反応をしたり、余計な一言を放っては小説家のひんしゅくを買ったが、このときの一回は本気で怒っていたように思う。

――小説家の死後に「未完」として発表された『花終る闇』を見ると、わたしの放った一言がいかに見当違いだったかがわかって、顔から火の出る思いになる。

＊

クイヤバ河にかかる橋の下で釣りをする人を見かけた。

河べりまで降りてみると、川幅はここで四、五十メートル。水の色はアマゾン河口より少し薄いだろうか。

「ヒオ、セッコ、シンコメートル（河、干す、五メートル）」

市内のホテル前で雇ったタクシー運転手のトニーニョとの会話——絵や身ぶりによる推察——によると、多いときで水量は今より五メートルは増えるという。増水期で川幅は七十メートルほどになるだろうか。

釣り師は竹の竿にラインを結んだだけの道具で、トウモロコシの実を餌に岸辺から三メートルあたりを丹念に流している。足元のネットには小説家が「銀色のセンベイ」と呼んだ、薄くて丸い魚、パクーの小さなのが入っていた。懐かしさが、溢れ出してくる。

「スルビン、ピンタード、ピラーニャ、サルディーニャ、ピラピタンガ、タマタ、アカリ、パクペーバ、アッパッパ、タンバキー、トクナレ、ドラド……」

知ってる限りの魚の名前を唱えた。小説家が亡くなってから、こんなにアマゾンの魚の名前を口にしたことはなかった。そういう機会もなく、相手もいなかった。

トニーニョが、突然魚の名前をしゃべり出した客をいぶかしそうに見ていた。

わたしは自分を指さして、

「イヨ、ペスカ、バスタンチ」

と言ってみた。「自分は、釣った、じゅうぶん」という意味になったはずだったが、トニーニョはますます気の毒そうな顔で頷いていた。

『ベトナム戦記』や『フィッシュ・オン』で小説家と行動を共にした、朝日新聞の秋元啓一カメラマンが入院しているのを知ったのは、一九七九年の春ごろだった。

「アキモロ（＝秋元さん）を見舞って来た。彼は喉のがんで手術して、声が出んのよ。それで〝あいうえお〟を書いた板で文字を指さして話するねん。あいつが盛んに〝は〟と〝か〟を指さすから、自分の墓のことを心配しとるのかと思ったら、俺に〝ばか〟と言いたいらしかった。なんてこっちゃ」

半分泣いたような声音で小説家は言った。そんなときにも二人がユーモアを失っていないらしいのに衝撃を受けた。

一九七七年、アマゾンの旅が近づくと、秋元さんの話を聞くために高橋カメラと二人で、当時まだ有楽町にあった新聞社を訪ねた。小説家自身が勧めてくれたことだったが、わたしたちとしても、二か月間行動を共にする小説家の何でもが知りたかった。気質、くせ、気をつけるべきこと……、とにかく、作家のお供で海外に行くのも初めてなら、二か月という取材期間も想像のほかで、不安だらけだった。

秋元さんはすぐに新聞社から出て、近くの飲み屋に誘ってくれた。

わたしたちは、ベトナムでの生活ぶりや、スウェーデンの釣り具メーカーABU本社での裏話など、写真や小説家の書いたものを手掛かりに話を進めたが、秋元さんの開高健への連帯感と人間的なきずなの強さには圧倒される思いだった。小説家の親友とはこういう人なんだ、と。

と同時に、印象に留めざるを得なかったのは、秋元さんの酔っ払うスピードの速さだった。飲み屋に移って水割りを何杯も飲まないうちに、ろれつが回らないまでに急速に酩酊してしまった。小説家から聞かされていたことからすると、アキモロさんは飲んべで洒脱なカメラマンであり、運命共同体のパートナーだった。秋元さんからみた開高健像をもっと掘り下げたかったのだが、このときは叶わなかった。それどころか、次に秋元さんに会う機会は、葬儀のときの遺影となってしまった。

薄暗い飲み屋の席で、秋元さんは謎めいた言葉を囁いていた。

「女を欠かさないようにすることだ」

小説家との旅で気をつけることは何かと尋ねたときだった。

その言葉を、文字どおり捉えるべきなのか。そうだろう。男同士の冗談として聞くべきなのか。そうだろう。

虚を突かれたのと、当然だろう、という気持ちとが同時に来てしまって、それ以上突っ込んで聞くことができなかった。

小説家の手になる「開高メモ」には、ベレンに入ったあたりですでに、
「イイコトシマショ」「パツイチ、ドウ?」「黒白混血、ミルクコーヒーが一番とされている」
「パリ、ピガール広場」
などの語句が見える。この国の持つ独特の「官能性」について、小説家はどこかで触れるつもりでいたのだろうか。このメモは、ベレンの裏通りで女たちに声をかけられたりした場面だろう。パリでの自分の記憶を重ねているふうでもある。小説家は猥談やこの手の体験話が大好きだったし、「官能」話は詳しいほど面白がった。ここでも「神は細部にこそ宿り賜う」の原則は成り立つと主張していた。

わたしたちはというと、正直、自分たちのエネルギーを持て余していた。もちろんエネルギーのほとんどを仕事に叩き込むのだが、それでも余るのである。

サンパウロ、ベレン、ロボ・ダルマダ船内、サンタレンと、旅はしだいに文明から離れ、「奥地」へ入っていく感があったが、わたしたちに共通のもう一つの感想は、「女性がどんどん美人になる」だった。肌のコーヒー色が濃くなり、インディオ系の血が混じり、懐かしさとエキゾチズムという相反する魅力が横溢するようになる。

男性誌での取材ということもあって、女性の美しさはわたしたちの必須レポート課目の一つだった。ボニータだな、と思う女性に片っ端から声をかけ、ポートレートを撮らせてもらった。

「鄙には稀な」というむずかしい言葉を誰かが言い出し、たちまちわたしたちの間で「ひなまれ」というのが流行語になった。

高橋アミーゴもわたしも張り切った。当時の人気アイドルで言えば、アグネス・ラム級の「ひなまれ」や、蜂蜜色の洋菓子みたいな美少女が森の陰からいきなり現れたりして、どぎまぎするばかりだった。たくさんボニータを撮ったぞ、という手応えははっきりあって、現像の上がりが楽しみだった。

ところが帰国して一か月ほどし、高橋カメラの事務所でボニータたちの写真を並べてみると、いまいち、どこか違うのである。あの娘も、この女性も、撮影したときの場所やしぐさまで憶えているのに、魔法が少し解けているようなのだ。

「おかしいな」

高橋さんも首を傾げている。

そんな中から選んだ彼女たちの写真を並べたページが、単行本にも文庫にもある（42〜43頁／314〜315頁）。この中には、ベレン郊外のリゾート地の浜辺で出会った娘も含まれている。カメラマンは彼女に、「お金をくれたら、わたしはあなたのためにパンツを脱ぐ」と身ぶりで迫られ、往生していた。その娘はどう見ても十二、三歳にしか見えなかった。

美女たちの写真がいまいちに思えたのは、アマゾンの持つ官能の魔法が、もっと言えば、移動するタコ部屋のような禁欲生活が、わたしたちの眼をほんの少し潤ませ、ほんの少し美人に見せ過ぎていたからだと思う。

小説家は、このボニータたちを並べた見開きページにわざわざピラニアのカットを挿入させ、こういうキャプションを付けた。

「このボニータ（美女）たちも結婚すると、たちまちアマゾナス（女戦士）になるとか。十歳ぐらいから子供を産みはじめる。くれぐれも御用心を！」


小説家は、ノンフィクションと小説を書いた。書き分けていた。この点については、同行した者としていくつかの興味と仮説がある。

小説家は、海外の旅に話をしぼっても、先々でその国の「官能性」や自身のそれにぶつかっているはずである。表現者としてそれらにどう対していたか。小説作品の中には官能が溢れていて、その世界の濃密さは開高作品の魅力でもある。ただ、これをノンフィクションではどういうふうに扱っているだろう。

「わたしは性交派ではなく、情交派です」

「床下にブタが寝ていなきゃ、俺は興味がないんだ」

「君たちの話を聞くよ。奨学金は出すから、よく学んで、結果をノン、フィクションで報告するんやで」

言い訳は小説家流に華麗、多彩だったが、その後の小説家との長い旅でも、「飲む、打つ、買

ボニータ（美女）たちも結婚すると、……

う」の「飲む」以外の場所には来なかった。

ある友人の話だが、彼は長い海外出張を命じられたとき、一緒に暮らしている女性がいた。彼女は「浮気したら、自分もしてやる」と呪いをかけて彼を送り出したそうだ。

彼女は友人やその出張に同行する仲間たちの言動が自然と耳に入る立場にいたが、二人の関係は仲間たちにも秘密にしてあった。だから、もしその友人が旅先で浮かれ過ぎて、そのことを仲間たちが女性の前でペロっと話したとすると、血の雨が降るのは確実だった。

「でもね。ぼくは酒が飲めて女の子と騒げればそれでいいんですよ。買う、は必ずしも必要じゃない。それがよくわかったんです。信じてもらえないかも知れないけど」

そう、その友人は気弱そうに言った。

そういう場所に行って「飲む」だけで帰る

のは、それなりに大変だったそうだ。商売にならないから女性たちに嫌がられるし、十分な言い訳ができる会話力もないし……。あるとき、ついに科白《せりふ》に窮して、「ぼくは女には興味がないんだ」と言ってみたことがあった。そうしたら、女の子たちがいっせいに、

「オオ、アイム・ソーリー。わたしたちの店では男性もご用意できます」

と言ってすぐ電話で「注文」するそぶりをしたため、さらに事態が混乱したという。

あくまで、友人の話だが。

小説家にこのとき、これに似たように、特定の誰かに知られたくない、という事情があったかも知れない。

アキモロさんの「女を欠かさないことだ」という言葉を思えば、そうした「買う」場所へ同行する友人としての条件を、わたしたちが満たしていなかったのかも知れない。岡場所へ一緒に行った人間とは、その後生涯の友となるか、絶交するか、だというような先人の言葉をどこかで聞いたことがある。

それに、小説家がほんとうに「情交派」だった、もしくは、その頃にはそうなっていた、という可能性もある。

ただ、ベトナムでの場合、ノンフィクション作品では小説家の周囲の人々の浮かれ具合がしばしば実名でレポートされ、小説世界では語り手が「買った」女性と交歓する場面も出て来る。何

らかの基準によって書き分けられているのだと思う。小説世界をノンフィクション世界と安易に重ね合わせて勘ぐるのは、小説家のいちばん戒めたことではあるけれども――。

三十三年後のクイヤバを、トニーニョのタクシーであちこち走り回ってみた。呆れたことに、昼間のクイヤバについて、驚くほど記憶がない。ここを基地にして、何度か出入りを繰り返したが、すべてはパンタナルにあった。クイヤバは、カッコよく言えば、大湿原での冒険から戻って羽根を休める場所でしかなかった。エアコンのある部屋、温かい湯が途切れずに出るシャワー、羽虫の大群のいない食事……。

しかし、夜はまた夜で、場所もわからない、薄暗くてのべつジュークボックスの鳴っている穴蔵で、酔眼もうろうとした先に女性たちがいた。酒があって、大声で猥褻な単語が言えて、笑いが取れる時間。ブラジルにカラオケが普及し始めたのは七〇年代末だそうだが、あればさらに盛り上がっていただろう。

「ムイント・セルベージャ、シューバシューバ」（ビール飲み過ぎ、雨みたいに下向き）と訳のわからないことを言って、片腕をダランとさせて笑われていたのは誰だっただろう。

クイヤバには、金やダイヤの鉱山の町というもう一つの貌があった。いわば西部劇のゴールドラッシュの町の喧騒があり、その分、夜は深かった。ガンベルトのかわりに短パンすがたが多かったにしても。

＊

　ドラドへの道も平坦ではなかった。情報を求め、釣り場所を変更しながら、パラグアイ河上流のアカムパメントと呼ばれる野営地の釣り場にたどり着いた。ここは釣りでは苦労したけれど、写真としては鳥、獣、虫、魚の宝庫だった。

「ジャカレ。カイマン種のワニ。」

　というキャプションの付いた一枚はワニの顔のアップ写真。ワニの鼻づら一メートルぐらいから撮っている（5頁／330頁）。このワニは、小説家に「外道を極めた」とからかわれたわたしの釣り上げた、最大の外道である。

　ブラジルのトイレ事情は一筋縄ではいかない。小説家が本文でも書いているように、あちこちで郷に従うしかなかったが、パンタナルではワニがトイレの障害物だった。ボートで移動中に大をもよおすと、陸へ上がらざるを得ないのだが、ジャングルには上がれないし、上陸できそうな岸辺には、ワニが大きいの小さいのゾロゾロ並んで甲羅干ししている場合があった。

　ボートが近づくとワニたちは逃げる。その隙に上陸して、始めのうちはワニが怖くて大急ぎで済ませた。ところが、このワニたちがあまり悪さをしない様子なので段々みんな怖がらなくなり、ついに、釣れてしまったピラニアをそのままワニに投げて、ワニを釣って遊ぼうとする者が現れた。

ただ、ワニたちも飢えているわけではないので、ピラニアの餌には見向きもしない。そこで、そんなことをしてはもちろんいけないのだが、ギャフ（釣り用の手鉤）にロープを結び、一メートル半ほどのワニをからかっていた。何度目かにギャフをワニの向こう側へ投げて力いっぱい引いたら、後脚の付け根に引っかかってしまった。

ものすごい水しぶき。ロープにぐいぐいと来る手応え。

無言で逃げようとするワニと、ロープの引っ張り合いになってしまった。どうしようかと困っていたら、

「アミーゴ、ちょっとそのまま！」

高橋さんがワニの前に回って撮ったのが、これだった。写真をよく見るとわかるかも知れないが、これはまだ若い個体である。この後、すぐに逃がした。

わたしの外道癖は撮影には貢献していて、ドラド場では小説家がドラドを釣り上げたと同時にスルビン（ピンタード）というでかいナマズを引っかけて、余計な騒ぎを引き起こしてしまった（もちろん魚体は撮影した）。アマゾンでもルアーでアロワナの成魚を上げ（こいつは見事にジャンプした）、犬歯のような鋭い牙をしたペーシュ・カショーロも上げ、これもすがたをしっかり撮影してもらった。

パンタナルでのある午後、高橋カメラと二人だけでモーターボートで川へ撮影に出た。「フレ

ンチ（前へ）」「パラ（止まれ）」の二言が頼りで、あとは身ぶり手ぶり。それでもなんとかなったが、その夕方がまた、空の半分が赤く染まるような夕焼けだった。

「もう少し下流まで行こう」

アミーゴが言う。船頭は、

「ガソリーナ」

と一言。これ以上下ると、帰りのロッジまでのガソリンがなくなる、という意味らしかった。まあ、でも少しはなんとかなるんじゃないの。船頭は黙って肩をすくめた。

暗くなるまで流されるまま撮影して、戻ろうとしたら、ロッジのかなり手前で見事にガス欠になった。どうするのかと思ったら、岸の木の枝を順繰りにたぐってボートを上流に引け、と身ぶりで言う。それから二人でロッジまで汗だくになってボートを引っ張った。船頭は櫂を漕いでいた。河の流れが直に腕に来るし、木の枝や草の根には何がいるかわからないし、あたりは真っ暗になるし……わたしたち二人は、船頭のガソリンの量の目算の正しさに脱帽し、反省した。

小説家との旅は大自然の中だったので、美しい夕陽に出合うことが多かった。アマゾンでもモンゴルでも、アラスカでもカナダでも。小説家がそれらについて感想を漏らしたのを聞いたことはなかったが、『オーパ！』の中には壮烈に美しい夕焼けの描写がいくつもある。黙って、全身から吸収するように夕景に見入っていた。

小舟の上からだったにしろ、湖の岸辺からだったにしろ、夕方は釣り師にとってはゴールデンタイムだったから、釣り場にいることが多かった。カメラマンにとっても、それは絶対に逃せない一刻だった。高橋さんも、夕陽の中の小説家だけでなく、多くの夕景を写真にしている。

「この太陽を写真に撮って、これは日の出です、と言ったら、見分けられる人間がどれだけいると思う？」

高橋さんがいたずらっぽく言ったのを覚えている。


旅が半分以上終わり、サン・ロレンソ河の支流、ピキリ川でついに成人《マン》サイズのドラドを釣りあげてから、宿舎で「章立て」についての話題が出るようになったことは前に触れた。もちろん小説家が「これなら書ける」と言い出すのだが、必ずみんなの酒の席で「こんなん、どや？」と上機嫌でご下問ある。「何が釣れた」「釣れなかった」の延長線上に、「何がすごかった」「おもろかった」が来て、その先に、「あれで一章できる」「できない」の議論が沸騰する。

ベッドにあぐらをかいてコップでサトウキビの酒。宴会がそのまま企画会議になっているような、編集の立場から言わせてもらえば冥利に尽きる、楽しい時間だった。

小説家は帰国後、そのとき練られた「仮目次」にほぼ沿って、毎月原稿用紙三十枚ずつ、連載締め切りのはるか前に書き上げた。

ところが、上がった原稿を読んで、仮目次のときの論議とはまるで次元の違うものになっているのには驚かされた。あれも捨て、これも捨て、なのにいつ、どこでこんなことを見ていたんだろう、というようなことが次々に展開されていた。開高健の文章の力の本当のすごさを同時進行的に見て、完全に圧倒された。

ドラド場のキャンプでは、夜、こんな話も出た。

「この旅は、これまでの経験からするととても率がいいよ。——くん、君は幸せ者だね」

いくつかの部屋がつながった民家風の造りのロッジの、一番大きい小説家の部屋に集まって醍醐さん、菊谷さんとグラスを呷《あお》っていた。高橋カメラは別室でフィルムの整理をしていたのだと思う。

その頃すでに、各章のタイトルには古今の名作の題名を借りようというアイデアまで固まりつつあった。ピラニアの章にはロベール・メルル「死はわが職業」、トクナレの章にはフォークナー「八月の光」などがあがっていたと思う。

小説家のものごとに対する面白がり方は面白く、大自然の提出する驚きと、余人には予想のできないかたちで共鳴していた。

「こういうアイデアがどんどん出るのは旅が豊かな証拠です。ところで、どや、何か思いついたか」

何かというのは、この旅の総合タイトルのこと。この宿題はすでに数日前からみんなに向けて出されていて、当時のわたしのメモによると、

「ブラジルでもてる男の条件。一、黒（色が浅黒いこと）、二、マメ（女性にマメなこと）、三、アンタ（巨根のこと）」

などというわたしの作った、いちばん受けた戯言――「開高メモ」にもこれが書きとめられていた――の横に、「水と泥の聖地」とか「甘い海（＝アマゾン河の別名）からの報告」とか、考えたらしい跡がある。しかし、そんなことをもぞもぞ言っていると、小説家が満面の笑みを浮かべて、

「片仮名でオーパ！　というのは、どや」

一同、唸ってしまった。

小説家の耳は、こんな音を捉えていたのか。現地の人が驚いたり感心したりするときに発する感嘆詞。原音は「オッパ！」「オパ！」に近いらしく、今回の旅で一・三キロの単行本を見本に一冊担いで旅をした――言葉が通じないところをずいぶんこの本と写真に救われた――が、ブラジル人に「変なタイトルの本ですね」と真顔で言われたこともある。

「オーパ！」と伸ばしたところにタイトルとしての安定感もあるから、開高健の創作した日本語と言っていいのではないかとさえ思う。

――いま思えば、「目次立て」やタイトルの議論が旅の途上で行われたのは、このアマゾンの旅のときだけだった。

「雨期来る。さらば、草原よ。」（168～169頁／234頁～235頁）

スコールの来る直前、ロッジの庭で三脚を立てて遠くの稲光のショットを狙っていた高橋カメラとにわか助手のわたしは、たちこめるオゾン臭に気づいた。落雷が近づき過ぎて、そこら中に静電気を帯びたような異様な、総毛立つような感覚だった。あわてて三脚を放り出して屋内に逃げた。

たしかに雨期が近づいているようだった。釣り期と、旅の終わりが、急に全身に感じてしまうほど、否応なく近づいているようだった。

第七章　タイム・マシン

一九七七年の旅のときの、旅程の最終地点、ブラジリア。

この都市を描いた『オーパ！』第七章――「仮目次」で言えば「狂気の芸術」――には、他の章と比べて「影の薄さ」を指摘する声がある。

ダニに悩まされ、ピラニアに慄き、泥水と赤茶けた地べたを這いずりまわってきたような旅が、ここで突如、超現代的な都市の真っ只中で目覚めることになるのだから。また、それまでの各章で小説家が話題の中心に据えて来た「驚異」――アマゾン河の大きさだったり、ピラニアだったり、巨大魚ピラルクーだったり――があまり明確でない点でも、物足りなさを感じる方がいるのだと思う。

小説家はこの直前の第六章で、いちど大自然のなかの釣りの旅に終わりを設けている。

では、釣りの旅の終わった後の第七章以降は不要・蛇足のものだったのだろうか。

ブラジリアといえば、日本ではその実態はほとんど伝えられていなかったものの、「未来の大国」ブラジルの、高原にぽつんとできた超人工都市――一九六〇年に遷都を敢行した途上国の首都――としての名は響いていた。醍醐さんによると小説家は、計画の段階から「ブラジリアには行ってみたい」と希望していた。

あるいは、アマゾン、パンタナルの大自然と、人工都市ブラジリアの対比という視点を早くから持っていたのかも知れない。

醍醐さんによると、ブラジル日系人釣り師人脈からの情報で、この釣魚紀行計画のごく初期にはブラジリアをベースにしたピラルクー釣りの可能性があった。

ブラジリアはアマゾン流域よりも南の、よりサンパウロに近い中部乾燥地帯にあるが、地形図などでみると、アマゾン本流へ流れ込む支流が北へ延びていて、その源流部にあたり、水系としてはアマゾンに属している。ピラルクーはアマゾン水系にしかいない（逆に、ドラドはアマゾン水系にはいない）。

ブラジリアの日系人釣り師たちの間では、その支流にできたバナナル島などに釣行し、巨魚をしとめたという情報が写真とともにもたらされていた。サンタレン周辺でピラルクーがおもわしくないと判断されたら、ブラジリアもベースの候補になるか。

（ちなみに、第八章末には、「羊群声なく牧舎に帰る。」――北大寮歌の歌詞を借り、輝き切っていた旅がひと夏の「手錠つきの脱走」だったのかも知れないという、諧謔と感傷に満ちた忘れがたい一節がある。旅の終わりの寂寥と、そこに混じる微かな安堵を表現して、『オーパ！』のなかでも屈指の名文だと思う。

こんな終わりの文章があったから、少なくともわたしにとって、アマゾンの旅は逆に長く終わらないものになってしまったとも言える。）


三十三年後、週末の朝八時半。

空は晴れあがって今日も暑くなりそうだったが、「三権広場」にはまだ人っこ一人見えなかった。この広場はブラジルの政治の中心――立法の国会議事堂、司法の最高裁判所、行政の大統領府を三方に従えた、首都ブラジリアの象徴的な場所である。

この国の古い街はたいてい「ヘプブリカ広場」（＝共和国広場）と「カテドラル」（＝教会）を中心に造られているが、この一九六〇年代に姿を現した超近代都市も、注意深くそれを踏襲している。ただ、その建物やモニュメント類の斬新さ――当時の、と言うべきだろうか――は際立っている。

あるいはその〝斬新さ〟は、あるモニュメントの側面から突き出したような巨大なクビチェック大統領（在任一九五六〜六一年）の頭部像を見れば今でも想像できるかも知れない。巨大な生首のようなそのインパクトは半端ではない。

三権に囲まれた広場には、二人の人物が肩を抱き合った像（労働戦士の像）や、昔の木製洗濯バサミを巨大にしたような鳩舎（内側が階段状になっている）が立つが、いずれも近寄ると見上げるように大きい。

広場のはるか左辺と右辺に、ともに柱に特徴のある二階建ての建物。クビチェック像に向かって左手に最高裁判所（＝壁が黒い）、右手に大統領府（＝壁が白い）、正面に国会議事堂のツインビルがある。ビルの手前には、上に開いた聖火台のような上院と、それを伏せたような下院が見える。美しいというか整理され過ぎたという印象。広場の反対側には巨大な国旗掲揚塔。


弱り果てていた。

三十三年ぶりにこの広場に立ち、この「場」の持つタイム・マシン的喚起力によって思い出すのは、遠い日に高橋アミーゴとともに浸された、途方に暮れたような感情である。


写真家の高橋さんとは同じ年の生まれ。「ＰＬＡＹＢＯＹ日本版」創刊の直前に篠山紀信事務所から一本立ちしたこの若手カメラマンは、創刊号から精力的に旅と食の艶のある写真を誌上に発表していたが、仕事で一緒に組むのは初めてだった。

歳は同じながら、この人には写真の見方から交換レンズの思想まで、イロハから叩き込まれた。

高橋曻という写真家は、「オーパ！」のシリーズすべてにわたって、表現者として、開高健と共にある存在だった。ある人は、開高健に同行できたから高橋曻が幸運なのではなく、高橋曻と同行することになった開高健こそが幸運なのだ、とさえ言っていたものだ。

しかし、一九七七年の高橋舁は若かった。シュラスコの一キロはペロリと平らげる食欲もあったし、いざとなれば、総計五、六十キロのカメラ機材一式をすべて担いで移動するだけの体力があった。開高健による「優秀なカメラマンの三条件——どこでも寝られる、何でも食える、助平である——」を軽くクリアした。

そして何より、溢れんばかりの才気と、燃えるような野心と、大のおとなを惚れ込ませる笑顔があった。


午前十時近くなって、広場に家族連れやカップルなどがちらほら現れ始めた。観光客を乗せたバスも到着するようになった。

早朝から続く身体の違和感を紛らわすために、歩き回ってみた。広場を国旗掲揚塔のほうへ向かって歩き渡り、そこから広場の縁を反時計回りに一周、また塔まで戻って、そこに並んだベンチの一つに座り込んだ。動けない。

バスから降りた観光客のグループが最高裁判所のほうに向かってぞろぞろ歩いて行った。それと同時に、広場の反対側にいた、三輪の手押し車——パラソルを立てた飲み物売り——が、ゆっくりと動き出した。歩道沿いには白いライトバンが乗りつけ、縁台を出したりダンボールを降ろしたり、何やら開店の準備を始めた。

三輪押しの男は延々遠回りをして車を転がしているように見えたが、やがてその行く手にお目当ての観光客の一団が裁判所のほうから再びすがたを現した。ゴルフの長い長いパターショットがホールに入るのを見るようだった。

＊

三十三年前わたしたちは、この人工都市ブラジリアで撮影スポットを探して走り回っていた。

高橋アミーゴは考え込んで、指の爪を嚙み続けた。

「まいったよ。どこを撮っても絵葉書じゃないか」

三権広場、カテドラル、ドン・ボスコ聖堂、テレビ塔……。国会議事堂に至っては、近づくのさえ嫌がった。

確かに。昨日まで目にしていた、大河をさかのぼり、泥水の氾濫の世界で展開される自然の諸相や、大湿原の生き物たちの在り様には、日々発見があった。しかし、ブラジリアには「人工」しかない。建築物には、それを設計した人間の意志に無理やり「撮らされる」感覚が、抜きがたくある。

おまけに、市内の観光案内所に飾られているブラジリア関連の写真集の種類の多さ、絵葉書にお土産用のカラースライドも何十種類と売られている。そこにはオスカー・ニーマイヤーやルシオ・コスタといったこの街の設計者たちの「意図」や「意匠」しかないような気がしてきて途方に暮れた。

「いっそのこと、あのスライドを買って帰るか」

アミーゴのやけくその冗談にも笑えない。


ブラジリアで一章分を書く、というのは、小説家のなかではるか前――ひょっとすると日本を出る前――から決まっていたことだと考えられる節がある。ここでピラルクーをねらわない、としても、である。ということは、ビジュアル誌での連載なのだから、どうしても一章分の写真がなければならない。

ところが、頼りの小説家は、パンタナルでドラドを釣った虚脱状態のまま飛行機に乗ったかのようで、この街に入った途端、めっきり動きが鈍くなってしまった。

釣り道具のほとんどは、ブラジリアでの釣りを諦めた時点でクイヤバからサンパウロへ送り返していた。ライトバンで主要な観光スポットを一めぐりすると、あとはホテルの部屋でひたすら眠るか、現地日系人釣り師たちの話を聞きにレストランに出かけるぐらい。

――これが開高健流の取材だったのだ、と知ったのは、日本にもどってブラジリアの原稿をもらった後だった。小説家は、驚きの中心を持たないこの章に、ブラジルという国から受けた文化論的知見をたっぷり注いでみせた。

しかし現地では、ブラジリアが面白いとも面白くないとも、どこが気に入ったとも入らないとも、言わないのだった。

アマゾン、パンタナルの大自然と、ブラジリアという超人工都市の対比――それを並べることがここでのテーマではないか。わたしはばくぜんとそう感じていた。対比だ、と。

高橋カメラは、連続だ、と言った。

「……撮ろうよ」

「撮らない」

「……撮ってくれ」

「撮れない」

――これもずっと後になってのことだが、このときのことが再びわたしたちの間で話題になったとき、高橋さんはこう解説した。アマゾン、パンタナルの大自然と、ブラジリアの人工物をつなぐ〝驚き〟がなければだめだと思ったんだ、と。

「対比」と「連続」の押し問答をホテルの一室で繰り返した。高橋さんは最後にはシーツを頭からかぶってしまった。

「アラコアラ・ホテル」は三十三年前と同じように営業していた。今回割り当てられたのは二階の一室。一九七七年に泊まったのはもっとずっと上の階――小説家は二十階か二十一階と書いて

雨雲に抑圧されるブラジリアの夜。

いる——だった。窓からは遠くブラジリアの都市の外につづくセラード（乾燥地帯）の広がりまで見渡せたから。

撮る、撮らないを繰り返していたわたしたちだが、夕暮れ近くなったある瞬間、アミーゴががばっとベッドの上に座り直した。カメラ二台と革製の大きなカメラバッグを肩にかけると、外に飛び出していく。わたしは三脚を担いであわてて後を追いかけた。正直、やっと言っていることを理解してもらえた、説得が通じたと思った。

連載の一回分を写真なしで出すわけにはいかないということ自体には、編集者の「理」がないわけではない。撮りたい絵がなければシャッターを押さない、という写真家にももちろん「理」はある。

タクシーを回して行く先は、街の中央にそ

びえているテレビ塔。前の日に展望台まで登ってはいたのだが、ほとんど義務的に撮影しただけだった場所だ。

そのころには、呆れるほど空の広い、人工都市のはるか彼方の雲の裏で、稲光が走り始めていた。わたしはつくづくカメラマンの眼のはしっこさに感心してしまった。説得が功を奏したのでもなんでもない。あの、ふて寝していたホテルの一室で、窓の外遠く一瞬光った雷を高橋さんは眼の端でとらえていたのだ。

見る見る空は雲に覆われていき、展望台にたどり着いてカメラをセッティングし終えた頃、高原の雷が派手に落ち始めた。高橋さん的には辛くも「連続」が成立した、とそのときは思ったのだったが……（172〜173頁／16〜17頁）。（ずいぶん後になって、ブラジリアの写真全体について、後年まで高橋さんが納得できない思いを抱いていたことを知る機会があった。）

三十三年ぶりにエレベーターで展望台まで上る。テレビ塔の中腹七十五メートルに設けられた、屋根もないごく簡単な展望台。しかし、ブラジリア全体をぐるり見るのにこんなにいい場所はない。

街の設計者たちは、赤茶けた高原のど真ん中に、大きなジェット機の機体をイメージして都市計画を立てたという。一九六七年に完成したテレビ塔は左右に広げた翼——片翼三、四キロメートル——の背の部分に建っている。

北西から南東方向に都市のセンターラインが通っている。両縁に高速道路を従えた、公園や人口池、グラウンドなどの連なりからなるグリーンベルト地帯。

はるか機首の近く、操縦席に当たるかも知れないのが裁判所や大統領府のある「三権広場」だろうか。彼方にすぐ目につくのが国会議事堂のツインビル。手前右サイドに、細長い指を十六本そらせて天に向かって合わせたようなカテドラル。

しかし、地の果てまで続く平べったい乾燥地帯の光景の中で、何と言っても圧倒的なのは乾いた土の色である。

極々薄い緑の芝生に覆われた、あるいは芝生からはみ出た赤っぽい土。立木は細く、点々と植えられているだけで森をなすところがない。

車道は都市のいたるところを我が物顔に走り、立体交差している。ほとんどが三車線以上はある一方通行で、歩行者用の信号は極端に少ない。車社会を先取りしたというよりも、置いてきぼりにしてその先まで来てしまったような印象。これが、三十三年前とほとんどまったく変わらない。歩行者は信号のない場所を、突進してくる車の途切れるのをねらって転がるようにして渡る。何度かそんなことを繰り返しているうちに、超近代都市の隅に走り回るゴキブリみたいな気がしてくるのも、三十三年前と同じ。

車道と車道の間、建物と車道の間、広場と歩道の間……そんなところに、人々が踏み固めた細い道ができている。

あきらかに都市の設計者の計画にはない、自然にできた〝けもの道〟。三十三年前、これらの道を発見して、ようやくこの都市の人間味を感じた気がしたものだった。

ブラジリアという都市がジェット機を模して造られたと聞いたとき、反射的に思い出したのは永遠の青春文学『金閣寺』の一節だった。

そこには三島由紀夫が腕によりをかけた、観念美の極致みたいな文章で、空間ではなく「時間」の海をわたる黄金の船——人間の寝静まった夜にその金色の屋根を帆のようにふくらませ、時を超えて出帆する「金閣」が描かれていた。

ブラジリアも、時間の空を未来へ向かって飛ぶ飛行体としてイメージされた。モニュメント類は、過去から今に向かって飛んで来た、その構成要素だ。都市そのものがタイム・マシン——。当時も、今も、この都市のキーワードは「時間」なのかも知れない。

＊

「それはな、語って説かず、ちゅうねん」

そう言われたことがある。前にも書いたが、わたしたち野外取材班にとってブンガクチックなことを話題にするのはタブーに近かった。ジャングルの奥地やアラスカの原野では、釣りのほら話や食談、元気のいい猥談、ジョークのほうが似つかわしかったし、文学、とくに小説は一方で常に開高健の意識の中心にどっかと座っている一大関心事だった。

ただ、小説家の文業のなかでも小説と並んで実りの多かったノンフィクションの世界については、映画の話題と同じように、気軽にこちらの質問にも答えてくれた。

『オーパ!』連載の舞台となった「PLAYBOY日本版」は、いくつかの際立った特徴を持って生まれた月刊誌だった。アメリカ版との提携によって、当時まだ鮮烈だった外国女性のヌードピクトリアルがふんだんに使えたし、「プレイボーイ・インタビュー」という他に余り例のないジャーナリズムのスタイル――長い時間をかけ、徹底的に話者の懐に飛び込んで本音を引き出す――を定着させようと意気込んでいた。

そして、もう一つの柱としたのが、ノンフィクションというジャンルだった。

この出版社にとって初めての、この本格的な男性月刊誌は、「週刊明星」という取材誌、「月刊明星」というビジュアル企画誌、「週刊プレイボーイ」というヤング男性誌から主に編集部員が集められていた。

創刊編集長でこの雑誌の設計者の岡田さんは、どんな小さなコラムや企画にも「クォリティ(質)」を要求して引かなかった。

一日おきに二日分の仕事をするといわれた洒脱な副編は、写真に対する眼がすごかった。

もう一人の副編は、文章も写真も、サルトルもエロも、両方こなす才能で編集部を引っ張っていた。

ロングインタビューの基礎を手探りで作り上げた。

早いうちから中国情報の前線に立った。

中東の入り組んだ地図を細部までそらで描けた。

褒め上手な作家キラーだった。

来日したプレイメイトたちを「のせる」ことができる英語使いだった。

雑誌にジャズのテイストを持ち込んだ。

動物カメラマンにヌードを頼みに行った。

「ラーメンの自己完結性（＝自分を消化するだけの栄養しかない）」を主張した。

……

創刊の編集部は毎日が沸騰していた。個々の資質を引き出してかたちにする、雑誌としての広さがあった。

そんな雑誌を小説家は、こんな風に形容していた。

「若い、タマネギくさい活力」

雑誌を成り立たせていたのは、いろんな意味での「飢え」だったように思う。

そんな「ＰＬＡＹＢＯＹ日本版」がノンフィクションの賞（「ドキュメント・ファイル大賞」一九八〇〜八四年）を主催していたことがある。いかにこの分野に力を入れようとしていたかがわかる。ビジュアル誌の特性を生かした、文章も写真もありという特殊な賞だったが、その選考委員の一人が開高健だった。

（全選考委員の顔ぶれは、安部公房、大島渚、小田実、開高健、立花隆、立木義浩、筑紫哲也、藤原新也という豪華なものだった。）

候補作をはさんで小説家とずいぶんやりとりした。そのなかで出て来たのが「語って説かず」という言葉だった。

語るというのは、物語るの「語る」。説くは、説明する、演説するの「説く」。

「PLAYBOY」に在籍した十五年を含め、かなり長い期間、編集者としてたくさんのノンフィクション（＝フィクションではない、というぐらいの意味）の生原稿と付き合ったが、正直、わたしにとってこれぐらい示唆に富む一言はなかった。

ノンフィクション作品には、ほぼ必ずといっていいほど、物事を説明し、解説し、ときには説得しようとせざるを得ない局面がある。言いたい、伝えたいことのある筆者ほど、その傾向が強い。ただ、書き手の思いはわかるのに、それが伝わって来ないと感じる事例は少なくない。説きすぎて、空回りしている。そうしたとき、「語るべきときに説いてはいないか」「説くばかりではなく語ってみようとしたらどうか」と考えるのは無駄ではないと思う。（「PLAYBOY日本版」は二〇〇九年一月号で終刊。）

「ニューヨークの街を表現するのに、君ならどないする?」

そう聞かれて面食らったことがあった。

小説家はその年、生まれて初めて訪ねたニューヨークと共鳴《ともな》りを起こしたように、この街の奥深さ、ビビッドさ、「罰あたりさ」を説いて止まなかった。

初めてにもかかわらず南北アメリカ大陸縦断九か月の旅の途中でここに寄ったというのが、小説家らしいスケールだろう。なぜそれまでアメリカ本土に来なかったか——については、太平洋戦争とベトナム戦争の関係国だったからではないか、という仮説を立てることぐらいしかわたしにはできない。ただこのとき、小説家ははっきりと、

「ああ、もっと若いときに行っとくべきやった」

と慨嘆し、

「街に留学するというのは、どや。これからでも遅くはない。マンハッタンのどこか、万年筆と原稿用紙だけ持ってな。ソーホーがええかな。毎朝、飯食うのには、チャイナタウンに近いほうがええやろな」

と青年のように語り続けた。

小説家が訪ねたニューヨークはまだ、貿易赤字と財政赤字という「双子の赤字」が膨れ上がるレーガン時代の前にあったが、すでに荒れた爛熟した都市のイメージがあった。だが、見たことも体験したこともない〝未知・驚異のかたまり〟がニューヨークというすがたを取っている、そ

れに小説家が共鳴りしている！　「街に留学する」という考え方も斬新で魅力的だった。

「どない書く？」

と聞かれて、頭の中は真っ白になった。小説家がニューヨークを通過し、南米へ向かっていたころ、仕事にかこつけてわたしも確かにこの街を訪ねていた。しかし自分なら？　何が一番面白かった？　やはり小説家に教わったように、街の胃袋、フルトン市場から始めるか。「下部構造」を知らなきゃいけないだろう。だが、自分の数日間の滞在ではそんな「下部」など、垣間見ることさえできたかどうかあやしい。

小説家はわたしの四の五の言うのを待たずに、こう言った。

「俺なら、ブロードウェイで書く。ブロードウェイを縦に歩いて、それで、そのとき、そこから見えたもの、聞こえたものだけで書く」

ブロードウェイといえば演劇の中心地の意味もあるが、ふつうはマンハッタン一の繁華街タイムズスクエアを通る目抜き通りのこと。しかし改めて地図を見ると、ブロードウェイという通りは思ったより長い。マンハッタン島を碁盤目状に走る大小の通りのなかで、上から下へ、碁盤目とは斜めの交叉を作りながら延々と下っている道として、その不思議なあり様が浮かび上がってくる。ハドソン川と並行してアッパーウエストサイドをつっきり、セントラルパークの端っこに出合い、マディソンスクエア、ユニオンスクエアといったマンハッタンの中央部も通り、ウォール街から最南端の自由の女神行きフェリーのあるバッテリーパークまで続いている。

小説家は「しばりを設ける」ということを言っているのだと直感した。表現の向かう対象を「しぼる」ということを言っている。

そこにないはずはない様々な制限を、制限があるからこそ、それらを逆手に取ることから、新しいものの見方が生まれる。つかみどころなく拡散するものにつかみどころができる。ブロードウェイの路上と左右、見える聞こえる範囲にこだわりながら書いた街の縦走記は、制限を読み手と共有できれば、かえって魅力的なレポートになるかも知れない。

若かったわたしは、小説家の繰り返し言うところの「ものごと、眼ぇのつけどころ一つやで」を眼の前で実践されたようで、ふるえるような表現の可能性を感じた。

（ちなみに、その後発表された開高健のニューヨーク・ルポ〔『もっと遠く！』文春文庫、収録〕は、このとき小説家が話したものとはまるで違ったものになっていたが。）


小説家が常々、釣りの現場で言っていたこと。

「旅行者に釣れるのは、その場所で平均サイズの魚なんやというのが原則です。例外的な大物が釣れるのは、交通事故みたいなもんと心得よ」

大物は釣り上げたい。大物が釣れるという情報は追いかける。しかし、その場所に粘れて数日間の旅行者に、その場で最大の魚が釣れるとは思うな——。それは、釣れないことへの言い訳という側面もないではないが、つい派手な獲物と「絵」を期待してしまうカメラマン、随行者への戒めである。

インタビューの相手とか確認したい事実とか、取材対象やテーマがはっきりしている場合は別の原則が立つだろう。だが、通りすがりの者には、よほどの幸運に恵まれない限り、通りすがりにしか見えないものしか見えない。そこまで含めて「見る目一つ、しぼり方一つ」と言っていたように思える。

*

身体の違和感は治まらない。手がかりもなくこの「三十三年後の未来都市」の中を動き回るのは無理のように思えた。

眼に徹するしかない。

そう思いながら、タクシーの運転手に『オーパ！』の中のシャンデリアとキリスト像の写真（176頁／254頁）を見せて、ドン・ボスコ聖堂に至り着いた。

聖堂の内部は青い透明な光に満たされていて、その涼しさは格別だった。そういう時間帯なのか、信者席にはほとんど誰もいなかった。後方の席に座り込んだ。一息つき、この青い涼しさは、中部乾燥地帯自身の持つ「水への憧れ」が生み出したものにちがいないと思った。

天井の高い立方体の教会の四方の壁には、一辺十センチほどのそれぞれ青の深さの違うステンドグラスが、一面に何万枚もモザイク状に嵌め込まれてあり、聖堂全体が、青い湖の底のような祈りの場として設計されていた。天井そのものは真っ白い素材で、大小の波型が彫りつけられているのは音響効果のためかも知れない。教会の四隅には、紫色のガラスをあしらった柱のような構造物が立方体を支えている。

正面のキリスト像が青のモザイクを透した外光のなかに影のように立っている。開いたままの祈禱書が置いてある説教台がその手前右にあり、脇にアップライト型のピアノも置かれていた。天井にはクリスタルガラスを集めて幾層にも飾りつけた巨大なシャンデリア。これに灯がともったときには、教会内にいた数少ない観光客のあいだからかすかなどよめきが広がった。

その若い女性は、祭壇下手の小さな入口から入って来て、この水底の教会の信者席の前から二列目に座った。肩までかかる黒髪を、真っ赤なマニキュアをした手でさっと後ろ手にまとめて留め、前の席の背に手を重ね、頭を垂れて一心に祈り始めた。

ただ一人、二十分たっても三十分たっても、まるで身じろぎもしない。

人の祈るすがたに向かって頭を垂れたい気持ちになった。

第八章　生きる歓び

『オーパ！』第八章「愉しみと日々」は、それまでの章と違って項目別に、ブラジルでの食の思い出を書いている。それに倣《なら》って――というとおこがましいが――、いままでの旅程を辿って来た章に入れられなかった項目をここで並べてみることにしたい。

小説家にして釣り師

アマゾンの旅が終わって、次の長い旅に出る前、小説家に英語の名刺を作ってくれと言われた。小説家は、わたしと会ったころにはすでに名刺を使っていなかったが、南北アメリカ縦断の旅先でその必要を感じたのだろう。で、当時の連載の舞台である「ＰＬＡＹＢＯＹ」のシンボルのバニーマーク入りのものを作った。それが一枚だけ手元に残っている。

Take me to the fishiest place nobody knows. Please!

Takeshi KAIKO

肩書は「Novelist, Outdoor writer」となっている。すべて小説家の指示で、自宅の住所と電話番号も入れてあった。この名刺は二代目で、初代の肩書はわたしの記憶では「Novelist, Fisherman」となっていた。「小説家にして、釣り師」――これが自分の理想の肩書だと小説家は思っていたのだと思う。ただ、この肩書はわれわれ関係者の間では受けたが、釣り場では逆に名刺としての力を発揮しなかったようで――釣り師が釣り場にいるのは当たり前だ――、二代目の、普通のバージョンに落ち着いた。

この名刺の最初にあるキャッチコピーめいた文句には、小説家流のひねりがある。「わたしを誰も知らない、魚影のもっとも濃い場所へ連れて行ってください!」。自身の解説によると、「fishy」という単語には、「魚が多い、魚影が濃い」のほかに「いかがわしい」という意味があるのだそうだ。そこに「nobody knows」とつけて念を押している。この文句は、旅の途上で出会った外国の釣り師からヒントを得たと言っていたと思う。

専攻科目

「わたしの専攻科目の釣りでいうと、あなたは潮目の悪いときに餌を投げられた」

小説家が原稿依頼と思われる電話に対して答えていた。

「はい、釣りには潮というものが重要なんです。潮目の悪いときは釣りにならない。これが鉄則です」

この茅ヶ崎の書斎でも、もう何度も使われた断りの科白なのだろう、噛んで含めるような調子だった。こんな原稿の断り方をされたら、自分ならどう食い下がれただろう。「専攻科目の釣り」「潮目が悪い」というのが断りのレトリックだとわかっていても魅了されそうだった。

小説家に教わり続けたということからすると、「旅」はわたしにとって「受講科目」（の一つ）になるだろうが、開高健の小説作品の中でも特に、『夏の闇』の第一行目に記されたような、「旅する小説家」の匂いのする作品に惹かれる。たとえば「玉、砕ける」を始めとする『歩く影たち』の短編小説。『輝ける闇』『ロマネ・コンティ・一九三五年』『珠玉』……。

「旅は船であり、同時に港である。」

これは、『地球はグラスのふちを回る』（新潮文庫、一九八一年）に収録されているエッセイ「旅は男の船であり、港である」（初出「PLAYBOY日本版」）に出てくる言葉で、実際に小説家の口から「こういう言葉がある」として聞いたのだが、もともと誰の言葉なのかはわからない。

そして、本人の言うとおり、旅が小説家の創作の原動力となっているとしたら、いつかアマゾン体験も小説に結実する日が来るのではないか。小説家のベトナム体験は多くの作品を生んだではないか。

歌う

「林檎の木の下で……明日また会いましょ」

アマゾンではない、どこか北の水辺。あるいは湖畔だったかも知れない。小説家が低い声で歌っていた。初めて聞く歌のようだったが、妙に懐かしく、しゃれたメロディで記憶に残った。

「In the shade of the old apple tree……」

短い、繰り返しの多い歌で、英語でも歌った。

他に、様々な場面で小説家の口ずさんだ曲を並べてみると、

・「ゴンピンピンの歌」
・「安里屋《あさどや》ユンタ」の替え歌
・映画『会議は踊る』の「一度しかない、二度とない」とリフレインする主題歌のドイツ語版
・「思い出のグリーングラス」の英語版
・「モスクワ郊外の夕べ」のロシア語版
・「ソラメンテ・ウナ・ヴェス（ただ一度だけ）」のスペイン語版

開高健を知る人たちが「得意だった」と証言するフランス語のシャンソンは、「暗い日曜日」を含めて、残念ながら一度もじかに聞いたことがない。

（この「林檎の木の下で」という曲は、作られたのは二十世紀初頭のアメリカで、日本では戦前

心はアマ、腕はプロ。

にディック・ミネの歌で流行したらしい。どこで、いつ小説家の耳に入ったかはわからない。だが、短い歌詞を英語でも全部歌っていたところからすると、戦後のどこか、多少大きくなってから覚えたものだろうか。斎藤憐の舞台『上海バンスキング』（一九七九年初演、八〇年代に映画化）にも劇中歌として使われているので、わたしにも耳覚えがあったのかも知れない。

この曲は何度か歌うのを聞いたことがあって、小説家の好きな曲だったと思うが、「耳で書いた自伝」と本人が呼んだ『耳の物語』などを含め、文章の中でこの曲のことに触れているものは見つけられなかった。）

釣りについて

開高健は釣りがほんとに巧かったのか。そ

う、今でもときどき訊かれることがある。ご本人は、ある写真のキャプションでこう言っていた。

「心はアマ、腕はプロ。」（13頁／18〜19頁）

本当に好きな、子どものころにその気持ちのルーツがあるような、大人の趣味として愛していたと思う。「男が熱中できるのは遊びと危機の二つだけだ」とニーチェもいった、とも。と同時に、

「俺は釣りという趣味を銀貨何枚かで売り渡してしもたんや」

とも言っていた。釣りのことを原稿に書いて売っている、という意味で、まさに、釣りの旅の原稿をもらい続けているわたしは首をすくめるしかなかった。だが、そう言ったときの声の調子には、自嘲とともに、多少の自負が感じられた。

その文章は、プロ中のプロの文章家のものだった。心の沈んでいる人にも生きる歓びを思い出させてくれるような、「窓のない部屋」に風の窓を開けてくれるようなところがあった。

開高健より釣りの巧い人、センスのある釣り師は、この世には山のようにいるだろう。しかし、同時にあんな文章を書けた人は、空前であり、ひょっとすると絶後かも知れない。

小説家の作品群は大きな深い森のようで、文章そのものを辿って旅をすることができる。

大木の傍らには川が流れ、ビーバーの巣もあればパイクやマス類がルアーを追う。「眼ある花々」も咲いているし、「サイゴンの十字架」も立っている。食卓には「新しい天体」が輝いていて、誰かが「最後の晩餐」をしている。

大都会の真っ只中を歩きながら、文章の角を一つ曲がると、イワナの潜む涼しい青い渕が見えたりする。

釣りについて Ⅱ

「どこかの渓流で、一人で釣りをしていて、大物が釣れたとするやろ。そのとき、釣り師はつい周りを見てしまうものなんや。誰か、このやったりとったりを見ててくれへんかったか。称賛と嫉妬の眼で見ててくれへんかったか、と思うんや。釣り師の心は地獄の釜や」

いつものように、自分を戯画化しながら小説家が言った。小説家にとっても釣りは、趣味だからといって一人で完結するものではなかった。喜びを共有し、自慢し、讃え合い、道具の吟味にのめり込み、テクニックを披露しあい、河や釣り場の「読み」を競い合う。君たち――カメラマンと編集者――を連れた釣行をするようになったのは、釣り師の大物自慢の延長線上なんや、と。「こんな大きな魚を釣りました、逃がしました、と書いても、自慢にしかならんが、証拠写真があれば文句は出えへんやろ?」

しかし、釣りは水もの。目的のものがすんなり釣れることはほとんどない。少なくとも、小説家との旅の場合、目的の魚についてのうんちくは万全でも、事前情報がしっかりしていても、駄目なときは駄目なのだ。「昨日」まで釣れていて、「明日」からは確実に釣れるだろうと現地の人が保証しても、「今日」は釣れない。「昨日」までは彼方にとどまっていた異常気象が、「今日」、ここへやってきた。「明日」は、この異常気象は去っているだろう……。

「これを釣り師の時制という。過去と未来があって、現在がない」

　苦笑いしながらそんなことを言う。ただ、たとえ釣れなくても面白い文章にはしてみせる、という自信には満々たるものがあり、それが伝わって来た。言い訳は華麗かつ多彩、しかも全地球的な異常気象などを引いて、しだいに仕掛けは大規模になる傾向があったけれど。

計画

『オーパ！』（アマゾン編）が雑誌連載としても単行本としてもビッグヒットとなって、その続編の計画が新しい展開を迎えた。

　前にも書いたが、当初この企画は「オーパ！　ＰＡＲＴⅡ」であり、あくまでブラジル・アマゾンを舞台にし、それで完結するはずのものだった。まだブラジルにいるときから、

「この旅は大成功やった。ピラルクーには再挑戦したいが、他にもスターになる魚や〝驚き〟はこの国にはバスタンチ（＝じゅうぶん）あるはずや。調査を始めときや、――くん」

　帰国してからも、醍醐さんやこの旅で知り合った日系人を頼りに情報をコツコツ集め始めていた。しかし、一度取りあげた場所、対象を、別の角度からにしろもう一度「驚き《オーパ》！」として取りあげるのは、予想していたよりも難しいことだった。それこそ「見る眼、一つ」が小説家の旅の信条なのだが、続編というのは、読者の期待度は高まっても、書き手の側のワクワク感が上がる

とは限らない。次回は釣りだけでなく、広く文化的なオーパ！も求めるように軌道修正も考えざるを得なかった。

それが急展開し始めたのは、小説家がアマゾンの旅の二年後、一九七九年から八〇年にかけて九か月間という南北アメリカ縦断紀行を「週刊朝日」の連載のために敢行した後だった（この旅で、ブラジルは走行ルートから注意深く外してあった。「ＰＡＲＴⅡ」への義理だてだったと、小説家は言っていた）。

縦断の旅から帰国すると、あの朝の電話が復活した。

ある朝、連載の原稿を書いている途中らしい小説家から電話がかかった。

「あのな、アマゾンで色んなものに振りかけてたソース、あれは〝モーリョ・デ・ピカンテ〟やったかいな？」

「そんな……。〝モーリョ・デ・ピメンタ〟ですよ、先生」

びっくりした。と同時に少し淋しかった。あんなに面白がっていたじゃないですか。忘れてしまったんですか？　九か月の縦断紀行の後半ずっと、小説家はスペイン語圏の中を走って来ていた。ポルトガル語圏（＝ブラジル）には入らなかった。そのせいだろうか。それにしても、小説家の記憶容量でもオーバーすることがあるんだ……。

この縦断大旅行の後では、来るべき「ＰＡＲＴⅡ」はブラジル・アマゾンだけではもたないのではないか、と小説家は考え始めていた。

ちなみに、ピメンタはポルトガル語でトウガラシ（コショウと書いてある辞書もある）。ピカンテはスペイン語の「辛い」。

食のトラブル

アマゾンから帰って一年ほどして、高橋さんが二メートルのサナダ虫を出したという知らせがあった。それを聞いた小説家は新聞の連載エッセイでそのことに触れ、菊谷さんとわたしは、何でもかんでも食うからだよ、とちょっと馬鹿にした。原因はわからなかった。

ところがそれから二年ほどしたら、こんどはわたしが一メートル半ほどのを引っ張り出してしまった。病院でその形状と色をつぶさに報告したら――証拠はトイレに流してしまった――、若い女医さんがいまどきの日本では珍しいといってアマゾンの話を色々聞いてくれ、カルテには「広節なんとか条虫」と書いたようだった。

これには混乱した。四人とも同じものを食べていたはずなのに、小説家、菊谷さんは何事もなかったように暮らしている。醍醐さんからも異状の報はない。もっとも疑われるのはピラニアやトクナレの刺身だが、これも食べるときは全員食べているし、当初わたしたちが川魚だからと警戒したほどには、森さん始め現地の日本人は警戒していなかった。

高橋さんは私が出したのと同時期に二本目を出し、それを検体として目黒にある寄生虫の博物館へ送ったとのことだった。アマゾン産だろう、ということにはなったが、原因はやはり特定できない。牛の丸焼きではないかという説もあった。小説家や菊谷さんはきっと寄生虫まで消化してしまったのだろうと、その健啖に脱帽することにした。

旅先の食中毒事件でも小説家は無事だった。

これは釣りの予定のない取材で、小説家、高橋カメラ、わたしに、テレビ撮影班の四人が加わっていた。料理人の谷口さんは同行していなかった。

その熱帯の国の市場でチームの誰かが仕入れて来た食材で、世話になった民家の人が現地風カレー料理を作ってくれた。次の日の昼食に、前夜のカニを使った料理がそのまま出た。その晩、苦しみ出す者が続出した。テレビ班は若い音声係を除いて三人、こちらは高橋カメラ。わたしは、前夜のカニ料理があまり好みでなかったので手をつけなかっただけだが、小説家はエビカニ料理の危うさを知っていて、警戒したのかも知れない。

驚異的だったのは高橋さんで、本人の言うところでは一度吐いたらしいが、そのあと急速に回復。ふらふらになりながら撮影を続行していたテレビ班のビデオカメラを、倒れたカメラマンの代わりに回したりしていた。

広がる計画

「ＰＡＲＴⅡ」のターゲットと候補地として当時挙がっていたのは以下のようなものだった（＊

基本情報はいずれも一九七〇年代当時のもの)。

・ナイルパーチ(アフリカ)

ケニアのトルカナ湖に、淡水産スズキの仲間で巨大になるゲームフィッシュがいるという情報が英語圏の釣り雑誌などで伝わり、二〇〇キロを超す個体の写真が小説家の眼にも触れた。ビクトリア湖、アルバート湖、タンガニーカ湖などにも棲む。アフリカという舞台、魚体の大きさで、期待は膨らんだが、詰め切れなかった。その後、この魚は色々な方面で有名になり、ドキュメンタリー映画『ダーウィンの悪夢』(二〇〇四年)ではビクトリア湖で異常繁殖したこの魚が、歪んだグローバリゼーションの象徴として取り上げられた。

・マシール(インド)

ヒマラヤ山脈の河川に棲む、コイの仲間の肉食魚。最大で一七五センチ、七十キロに達するという。ネパール、インド、パキスタンで棲息が確認されていた。

この魚については、旅に出発する寸前まで計画が進んだ。一九八六年三月、スリランカの宝石の取材と絡めてインド中南部のコーベリー河に行く計画で準備をしていたが、出発の十日ほど前、小説家に呼び出された。娘さんの道子さんに脳腫瘍が見つかって、手術は不可避だということだった。

「娘の手術には立ち会ってやりたい。インド行きは中止させてくれ」

そう小説家は言った。脳腫瘍ということでわたしたちは仰天し、すぐすべてをストップした。幸い手術は成功し、腫瘍も悪性のものではなかったらしく、その年の六月に改めてスリランカ取材を決行する。マシールのほうは釣りシーズンを逸し、そのままになった。

・バラムンディ（パプア・ニューギニア）
ナイルパーチとよく似たゲームフィッシュで、日本の四万十川の汽水域にいるアカメというスズキ科の魚とほぼ同じ。オーストラリア先住民の呼び名で、最大では二〇〇キロを超えるという。「オーパ！　ニューギニア編」という響きはわたしたちには大いに魅力的に聞こえたが、情報の確度が十分にまで至らず、果たせなかった。オーストラリアのバラムンディ釣りについては、その後テレビの釣り番組などで取り上げられている。

・バイブルフィッシュ（イスラエル）
十二使徒の一人の漁師ペテロが漁《すなど》っていたというところから、英語で「セント・ピーターズ・フィッシュ」とも呼ばれる――それが小説家の解説だった。ガリラヤ湖からアフリカまで広く棲息する、ティラピアという魚。中東、イスラエル、聖書の舞台。小説家にとってはアイヒマン裁判以来のイスラエルだったが、開高健が聖書の世界で釣りをする、というだけでわたしたちには興奮だった。ティラピアはじつはそれほど珍しい魚ではなく、日本でもチカダイという名前で養殖されているという情報もあった。ルアーを追わないので釣りの対象としては評価が低く、次第に小説家の熱が冷めてしまった。

・ハリバット（アラスカ）
オヒョウ。カレイの種類で、これも巨大になる。『海よ、巨大な怪物よ』（一九八三年　集英社）で、小説家がアリューシャン列島セントジョージ島でこれに挑む様子が描かれている。南北アメリカ大陸縦断のとき小説家が築いた人脈が生きて、「オーパ、オーパ!!」シリーズの最初のターゲットとなった。

・スタージョン（北米）
チョウザメ。キャビアの親というのでロシアのイメージが強いが、アメリカ、カナダ、中国を含め北半球に広く棲んでいる。これについても、小説家の人脈が生きて、カナダの取材となった。『扁舟《こぶね》にて』（一九八五年　集英社）に結実。

・ターポン（中南米）
二メートルを超す個体もあるゲームフィッシュ。硬骨魚類の中でも原始的なカライワシ目に属するという。フロリダ、バハマ、メキシコなど中米からパナマあたりまで棲息。南北アメリカ縦断の際、釣りの時期がずれていて狙えなかった魚ということで、「オーパ、オーパ!!」ではコスタリカで挑んで大物を釣り上げた。『宝石の歌』(一九八七年　集英社)。

・イトウ(ユーゴスラビア、モンゴル)

根釧原野で釣って以来、ずっと小説家の心にあったかも知れない魚。中国の奥地、北朝鮮などに棲息情報があったが、ユーゴスラビアからのものは釣り師の情報だったため期待した。当時はベルリンの壁の崩壊以前で、「東」側の情報は乏しかったが、釣り場としては荒れていない可能性もあり、期待を抱かせた。最終的にモンゴル情報が確度も高く、テレビと広告会社が先遣隊を出すなど積極的で、このモンゴル取材が実現したことは、小説家がしだいに釣り取材の重心をテレビに求めるようになるきっかけとなった。『国境の南』(一九八九年　集英社)。

原稿へ注文

小説家は『オーパ!』の連載八回を、毎回原稿用紙三十枚ずつ、月の十日前後に書き上げた。「原稿できた。早よ来んと、燃やすで。火ぃつけて燃やしてまうで」

脅迫のような嬉しい電話がかかって来て、毎回茅ヶ崎まですっ飛んで行った。帰りの電車の中であがった原稿を読み、タイトルを確認し、それから都内の高橋さんの事務所で二人してその回の写真を選び、誌面構成を考えた。小説家が写真を見るのは、掲載誌の見本が手元に届いたときが初めてだったはずだった。小説家の原稿には、写真を前提にしたり、写真の存在に寄りかかった箇所が一つもなかったので、わたしたちも文章に写真を説明的に添えるのではなく、写真と文章のハーモニーやぶつかり合いを意識して誌面を考えることができた。小説家は、雑誌編集の経験者らしく、

「写真に文字を抜くのは読み難うていかん。抜き文字はやめてや」

と言ったほかは、特に注文は付けなかった。雑誌連載時のキャプションは編集部で付けた。

原稿受け取りが六回目になったころ、わたしは自分が小説家にかなり接近できたと思っていた。それもあって、思い切って原稿に注文をつけた。

第三章「八月の光」の中に、名魚トクナレがアマゾンの川面で何度も飛沫をあげて跳躍する印象的な描写がある。

「八月の夕陽のなかで、緑、白、黒、金、朱、橙が濡れた花火のように炸裂する……」(97頁/139頁)。

この描写を最初に読んだときは、あまりの見事さに鳥肌が立つ思いだった。それがあって、第六章「水と原生林のはざまで」の原稿で、黄金の魚ドラドの釣れるシーンでこの色を畳みかけるような文章が二か所、しかもわりあい近いところで使われているのが気になったのだ。

元の記述は、小説家の手書き原稿をそのまま本にした『直筆原稿版　オーパ!』で確認できる。

「……次の瞬間、水が炸裂した。金、緑、白、黒、赤が散乱し、右に左に跳んでは潜り……」（原稿版203頁）

同じドラドの章の別の箇所には、「緑、金、黒、白、赤が水しぶきのなかで散乱しつつ輝く。」とある（161頁／232頁）。

著者校正のときにそう指摘すると、小説家は一瞬、「そうかぁ？」と不得要領な顔つきをしたが、まったく反論せず、その場で一か所目の部分にさっと赤字を入れた。

「……次の瞬間、水が炸裂した。一匹の果敢な魚が跳ねた。右に左に跳んでは潜り……」

わたしが意地を通したようになってしまったが、いまこうして原文と比べてみると、直してもらって良かったのか悪かったのかわからなくなる。

もう一つ。

「オーパ、オーパ!!」の旅がアラスカ、カナダ、コスタリカと進んで、二度目のアラスカの原稿をもらったあたりだろうか、文章に茅ヶ崎の小説家の書斎での記述が多くなっているのが気になり始めていた。アマゾン編のときのように、いきなり現地の話から始まるような、踊るような感じがこのシリーズで減り始めていた。

小説家は明らかに、キングサーモンを釣ることには大きな未練がある。しかし、アラスカの釣りを文章にすることに飽き始めているのではないか。小説家のアラスカ釣行は、その回で、初めての『フィッシュ・オン』から数えて四、五回目になるはずだった。

そんな浮かない顔をしていたのだろう、小説家が、

「どないした。気に入らんか？」

と聞いてきた。いまなら「書斎での話を減らして、現地から始めてもらえませんか」ぐらい言えばよかったなと、エスプリ・デスカリエ（＝後知恵。小説家に教わった言葉）で思うのだが、そのときはそのまま原稿を受け取って帰ってきてしまった。

事はシリーズ存続にかかわるかも知れない、とそのときのわたしには思えたのだった。候補の魚と場所は面白そうなのがたくさんあるのに、自分の力不足もあって詰め切れず、南北アメリカ縦断の旅の余燼から離れられないこのシリーズ。ＰＡＲＴⅡは、終わりを決めずにスタートしていた。

数日して約束があり、一緒にタクシーに乗った。小説家は、珍しいことに、

「どうやった？」

と、また聞いてきた。わたしは、

「納得しました」

と答えた。小説家は、右のこぶしでわたしの肩をどんと押して、うなずいた。

編集者として余計なときに余計なことを言い、必要なときに必要なその一言が言えなかったのではないか、という思いを残してしまった。

グルメでグルマン

「日本の文壇では、女と食が書けて一人前、ということになっている」

そう、小説家はよく言っていた。自分をいわゆる文壇から距離を置いている人間だと思っていたはずだが、この〝定言〟は信じていた気配がある。それと同時に、その「一人前」に向かってこつこつ精進してきた、結果は残してきた、という自負も伝わってきた。

開高健は何よりもまず、健康だった。食べることのできる人だった。「量が質に変化する」まで食べるだけの胃腸と、味覚豊かな舌の持ち主だった。しかも、美味を文字で表現することに「官能性」に対するのと同じだけの貪欲さがあった。開高健が健康で、食べることができて、食べることを愉しむ資質があって、それを文学に残してくれたことは、われわれにとって大きな幸福だったとしか言いようがない。

一九八九年六月ごろ、手術からしばらくして、許されて小説家を病棟に見舞った。他社の編集者など数人がその場で一緒になった。小説家は、その一人ひとりに、退院したらあそこへ行こう、ここへ連れて行くから楽しみにな、と声をかけていた。わたしには、

「君とはな、明石のハモを食いに行こう。ハモ尽くしやで」

だった。手術で声帯の付近をいじったせいか、声がかすれていた。こんなところでも、気を遣わせてしまった、という思いが来て、わたしは小説家の顔がまともに見られなかった。

初めてピラルクーを見る

「オーパ！」への旅の出発前、上野動物園にあった水族館にピラルクーが飼われているというので小説家と見に行った。上野駅の改札で待ち合わせたのだが、約束の時間のちょっと前に行ったら小説家はすでに待っていた。これが初めての待ち合わせだった。

後で小説家本人からも周りの人からも聞いたことだが、小説家の「いらち」（＝関西弁のせっかち）は有名なことらしく、三十分も一時間も前に現れることも珍しくなかったという。以降、気をつけてあまり待たせないようにしたつもりだが、たいてい小説家のほうが先に来ていた。

二〇〇三年、茅ヶ崎に開高健記念館がオープンした。そこに開館時からの来館者のノートがある。先日それを整理していたら、「開高さん、三十数年前、あなたの前でピラルクーに餌をやったのはぼくです。また来ます」という書き込みを見つけてびっくりした。

ロボ・ダルマダのかわりに

「ベレン↓サンタレン、チャーター舟　ドラム10本、400万円　5日かかると。」

という記述が「開高メモ」にあった。このことは、このメモを見るまで忘れていた。

日本であれこれ議論しているときに、アマゾンを定期船でさかのぼるなら、いっそ小型の船を独自に雇って自分たちの気の向くまま、ときどきトローリングなどしながら大河を上がるのもいいんじゃないかというアイデアが出て、それを小説家は覚えていたのだ。

ベレンでその現実性を相談した結果のメモがこれ。チャーター船でさかのぼっていたら、ずいぶんアマゾンの印象が違ったかも知れないが、ロボ・ダルマダ号でのイニシエーションのあれこれを考えると、ここでも案内人の判断は正しかったのだと思う。

小説に

密かにわたしは、同行した数々の釣行のときの体験が、開高健の小説としての作品に結びつくことを願っていた。ベトナム取材が『ベトナム戦記』といったルポだけでなく、『輝ける闇』や「兵士の報酬」「戦場の博物誌」といった優れた短編に結びついたように、アマゾン体験が一編の小説に「醸成」されるのを楽しみにしていた。

一九八一年、『生物としての静物』の第一回目の原稿を受け取りに茅ヶ崎に上がったら、いきなりこう言われた。

「この原稿には一つ仕掛けがしてある。君にそれがわかるかな。海岸でこれを読んで考えて来なさい」

連載は毎回四〇〇字詰め原稿用紙十一枚とすでに決まっていた。烏帽子《えぼし》岩の見える海岸までふらふら歩いて行って腰を降ろして読んだ。タバコの手巻器についてのエッセイだった。釣り道具とかライターとか派手な始まりを期待していたので、思ったより地味な内容だなという感想が真っ先に来たが、その「仕掛け」というのが何度読んでもわからない。余り長く待たせるのも悪いと思って三十分ぐらいして戻った。

「黄顔の微少年……という表現ですか？」

そうしたら小説家は明らかに失望した顔で、

「そうか、わからんか。昨日、明敏な文芸編集者に見せたらわかったけどな」

と言った。わたしは顔から火が出る思いだったが、そこはもう、わからないので、「教えてください」と言うしかなかった。

小説家が説明するに、この文章には一人称「私」が一切使われていないのだという。

「それで文章に押しつけがましさがなくなって、はんなりした味が出るはずなんやが」

小説家は少し残念そうにそう解説してくれた。

「一つでも自分に制限を課すのは、文章を書く上で必要なことだと俺は思ってるんだ。この連載は最後まで一人称は使わない」


それからまたしばらく経って、ある日会うと小説家が嬉しそうだった。旅の途上でも茅ヶ崎でも、「闇」三部作目が書けないで悩んでいた。原稿の完成を祈れと言い渡されて久しかった。それが、小説の連載を始めるのだという。

「耳で、耳の記憶だけで書く。一人称抜きで」

この連載「耳の物語」の最後のほうに――これは「耳で書いた自伝」だから時系列になっているので当然だが――アマゾンでの記憶が出て来る。『オーパ！』本文にベレンやマラジョ島の記述が少ないが、耳の記憶として出て来るベートーベンのピアノソナタ「熱情（アパッショナータ）」は、ベレンでの体験として書かれている。

帰国の前にサンパウロに戻ったとき、小説家は宝石商「スターンの店」へ行きたがった。おみやげにアクアマリンを買った。絶筆『珠玉』の中の「掌のなかの海」は、アクアマリンをめぐる一篇だが、その一節にブラジルが出て来る。

面白がる精神

モンゴルの取材に同行してくれたモンゴル学者の先生が感心して言った。

「モンゴルには、なんで調味料というものがないんだ、なぜ味つけに塩しか使わないんだ、と聞いてくるんですよ。ここの民は長きにわたってあの中国に君臨した。なのに、あの料理の宝庫・中華料理からなぜ調味料を持ち出さなかったのか。長年モンゴルを研究してきた者として、そんなことは疑問に思ったことさえなかった。仰天しました」

その感想を聞いて、こちらも思わず大きくうなずいてしまった。この、「なぜ塩しかないんや？」という疑問の立て方、面白がり方には、小説家の持っていた図抜けた資質――「面白がる精神」の典型がある。

モンゴルは当時、まだ「東側」で「壁」の向こうにあった。その壁を釣り竿を担いだ小説家が乗り越え、草原の川でのイトウ釣りをレポートした。早くから共産中国を訪ね、東欧諸国やソビエト連邦を見て回り、アウシュビッツやアイヒマン裁判を取材し、ベトナム戦争に従軍した経験もある。グルメにしてグルマン、ワインやシングルモルトを愛し、フランス料理、中国料理、東南アジアの料理の「菜單（メニュー）」を、まるで一冊の本でも読むように読みふけり、味わう術を知っている。古今東西の文学を語れば万人がその語り口に魅せられる。そんな小説家の長い旅のX軸や、文学を渉猟してきた教養のY軸や、アマゾンやアラスカの破天荒なアウトドア生活の経験のZ軸やらすべてが立体的に一つに交わって、モンゴルの草原の真ん中で、誰にも思いつかない「なんでや?」が出て来る、ように思えてならない。

何かを一緒にやっていると、そのことの面白さが倍増して感じられたり、こんな面白いことが隠れていたのかと発見したような思いにさせられる、そんな人がいる。面白がる力、巻き込む力、発見する力、気がつく力、それの面白さを他人に示す力……。見慣れた都会の光景が、虫取りの子どもの観点を持てば急に、心ときめくディテールの宝庫に変貌する。そんなものごとの面白がり方を教えてくれる。

小説家の「面白がる精神」は、単なる「奇なるものを好む」心とは少し違っていたのではないだろうか。

終　章　旅は港、旅は船

入院してしまった。

鼻から胃までチューブを通され、右側ベッドサイドに固定、左腕には点滴。展翅台のうえのガガンボのようになってしまった。

この十年間で、術後五回目の腸閉塞。今回のアマゾンの旅でいちばん恐れていた事態だった。サンタレンの森さんの関係者の紹介で、日系人団体が経営するベレンの病院に入ることができた。通称「アマゾン病院」。「アマゾニア日伯援護協会」を母体とする、この流域で唯一の日系総合病院だ。

しかし、X線写真ではっきりイレウス（腸閉塞）の証拠を見せられて、あんなに気をつけていたのに、と正直がっくりした。甘かった。身の程知らずだった。繰り返し襲ってくる身をよじるような腹の痛みが引いたら、絶食のまま二十六時間かけて日本へ帰ろう。

「船に乗る前でよかったじゃないですか。乗ったら三晩四日、途中で引き返すわけにも降りるわけにもいかない。正直、あなたは死んでましたよ」

明日の晩はサンタレン行きの定期船「アマゾン・スター」号の上のはずだった。あそこでこの痛みが襲ってきたら、半径数十キロ以内に医師はいなかっただろうし、壊死した小腸を切り取る設備もなかったかも知れない。


わたしにがんが見つかったのは二〇〇〇年の七月。その前後のことはあまりはっきりした記憶がない。とにかく、ああ開高さんと同じ病気だ、と思ったことと、自分の内面のどこを探しても自殺したいという願望がなかった、ということだけは覚えている。

手術は可能だったが、術後の細胞診の結果、リンパ節と肝臓に転移のある進行度Ⅲの食道がん。予後としては、五年生存率三〇％。あくまで最悪のケースでいうならば、二、三年で再発の恐れもあり、もし再発したら余命は三、四か月と言われた。「念のため」と病院から勧められた抗がん剤治療は、仕事に早く復帰したい一心で断った。

体重はあっという間に十キロ落ちた。腹部を手術した後遺症として、小腸が癒着して腸閉塞などを起こしやすくなった可能性があった。

しかし、とにかく生き延びた。

三十三年前、羽田からリオ、サンパウロと飛行機を乗り継いでやって来たベレンは、やって来たばかりの身には「地の果て」に感じられた。ブラジルは、地球の裏側、という形容詞といつも一緒だった。

ところが、この初めての熱帯の街で数日間を過ごし、撮影に走り回り、名物のカランゲージョ（ドロガニ）やカマロン（エビ）なんかに舌鼓を打っているうちに、「ここが世界の中心」という意識が自然に湧いてきた。東京にあった自分の地軸がいつの間にかベレンに振れた感じだった。我ながら、自分の現金なほどの適応力にあきれた。

そしていま、そのベレンの病院のベッドで両腕を固定されて横になっている。ここが世界の中心と思えるのなら思いたい。ここで帰心に駆られるとしたら、これはつらい。

病室は二階にあって、窓は南に面していた。日本の感覚では北向き。九月のこの時期、南緯一度二十六分のこの地では、直射日光が室内に差し込むことはない。

細い路地をはさんで向かいには、三軒連なった民家がある。オレンジ色の素焼き瓦の屋並みの向こうには、乾季の熱帯の空の下、ヤシの木が二本、ゴエルジ博物館の森の一部、その向こうに高層マンションがぽつんぽつんと見える。

ベレンの街が鉄格子だらけなことを、最初はあまり意識しなかった。店はシャッターや格子戸で鎧われており、ガードマンの数も多い。ところが、普通の民家らしい建物の入り口も、よく見るとがっちりした鉄格子の門扉を構えたところがほとんどだ。

ベッドから離れることができない。耳を澄ます。時おり点滴台を引っ張って窓辺に行き、外に目を凝らす。あとは、ぐるぐると思いを巡らすしかなかった。


一週間の入院の後、しばらくの間、市内でよく見かけるタイプの高層マンションのフラットに居候させてもらった。病院では英語や日本語を話す看護師は少なかったものの、主治医の女医さんは完璧な日本語を話した。絶食明けのおかゆはブラジル式だったが、朝には特製のサラサラの味噌汁がついた。ただ、退院後の食事は自分でやりくりするしかなかったから、日本人からのこのフラットへの誘いはありがたかった。

ここでも眼に徹し、窓から飽かず外を眺めた。十一階から見下ろすベレンの街は、病室の窓からとは違った貌をしていた。

表通り側から見ると鉄格子などで守られているが、格子戸の内側をこうして上から見ると、路地を何軒もの民家が共有している細長い構造がそこここにある。

高層マンションが縦にまとまって出入り口を一つにし、ガードマンを置いてセキュリティを高めているように、一軒家同士が集まって共有の路地を持ち、出入り口を格子戸で守る。共有スペースでは子どもがボール蹴りをしていたり、洗濯ものが干してあったりする。

「ベレンは貧しい地方から流入する人口が多い。治安は頭の痛い問題です」

在伯四十年になるという日本人が、いままでに市内で二回、拳銃を直に頭に突きつけられたことがあると言っていたのを思い出す。

淡い西日の差すなか、激しいスコールが通り抜けていく。

十一階から見ていると、雨足は太く、煙るようで、遠くアマゾン河口のほうへ広がっている。雨のカーテンが近づいて来て、かすかな西日と相まって、高層から見る大きな風景全体が色を失い、水墨画を見るようだ。朝から強い太陽に熱せられて空に上った水蒸気が、毎日午後二時ごろになると雨雲をかたち造り、土砂降りになる、ベレン名物〝午後二時の雨〟。このごろは時間が遅れがちだという。

熱帯人は雨宿りが絵になる。通り過ぎるのを知っているので、近くの軒先や木陰にたたずんでやり過ごす。人を待つでもなく、所在無げで、なんとなくみんな美人に見える。

夕方だったこともあり、通り雨に慣れた人たちも、さすがに足を速めて先を急いでいた。

〈火曜日。記すことなし。存在した。〉

そんなことをメモにしてみた。（念のために確かめたら、白井浩司自身による一九九四年改訳版『嘔吐』では、開高健も愛したこの有名な一節が「実存した」になっていた。）

今回のベレンでは、いくつかの忘れられない出会いに恵まれた。ただ、入院によって当初の予定は過半が不可能になってしまった。

よじれるような腹の痛みの周期のなかで、旅を続ける気力は奮い起こしようがなかった。痛みが治まったらすぐに帰国しよう、と繰り返し思っていた。

しかし、痛みが引くにつれ、生来の懲りない性癖が頭をもたげる。予定では三十三年前のようにベレンから船でアマゾンをさかのぼり、中流域の町サンタレンで懐かしのモンテ・カルメロ号のその後を追ってみようと思っていた。それから、空路マナウス経由でクイヤバ、ブラジリアと回り、また飛行機でマナウスへもどって帰国。訪ねる順番は七七年の旅のときとできるだけ同じにしたかった。それはほぼ不可能だ。

だが、ベッドから少しずつ解放されていくうちに、自分の身体の状態と折り合いのつきそうな方法がないものかと考え始めていた。

身体への負担を考えて一度に長時間の移動を避けようとするなら、オリジナルのコースへのこだわりを捨てるのはどうだろう。逆にまずブラジリアへ飛び、クイヤバへ回り、数泊ずつしてマナウスへ戻るとすれば、三、四時間ずつのフライトですむ。

その時点で体調が思わしくなければ、マナウスからおとなしく日本へ帰ろう。

もし余力がありそうならば、空路サンタレンを往復してみよう。

＊

ブラジリアでは、もう腸閉塞の再発のようなチリチリした痛みが復活していた。三権広場、テレビ塔、ドン・ボスコ聖堂をめぐり、動きをひかえ、眼に徹した。

クイヤバでは、水上レストランで当時みんなして食べたに違いない定食——ナマズのフライなど——を注文して、かけらしか食べられず、運転手トニーニョの助けを借りた。

マナウスでは、堤防で船頭に声をかけられ、彼の船でアマゾン河を下ってみたいと切に思った。


サンタレンに辿り着いたのは、当初の予定の一か月をほぼ使い切ったころだった。


三十三年前、サンタレンの河岸を、白いパラソルをさして足早に歩く少女がいた。明日の朝、クイヤバに向けて車で出発する、という日の午後だった。みんなが部屋でシェスタをしている時間。この町で過ごせる一人の時間は今しかない。アマゾン河に来ることは、もうこの先、一生ないだろう。そうちょっと感傷的になってホテルを出て来た。

パラソルを遠くから認めた瞬間に、彼女だ、とわかった。数日前、同じあたりで、やはり足早に先を急ぐ少女を見かけた。彼女は、十代半ばぐらいに見えたが、肌に色素を持たずに生まれて来たらしく、透き通るような全身を白い長そでシャツと長いスカートと、白い日傘で守りながら、午後の強烈な日差しの下を歩いていた。

このアマゾン流域でパラソルをさしている人物を他に見なかった。二度目は遠くからだったが、サンタレン最後の日に見かけた、ということが心に残った。この少女のことはずっと憶えているだろうな、とそのとき自覚した——そのことをはっきり憶えているのに、今度の旅では、見かけた場所すらどこだか思い出せなかった。

夕陽はあと十分ほどで沈むのだが、まだギラギラと、としか形容できない。

河岸の遊歩道の一角にあるオープンテラスから目の下に、河に突き出た浮き栈橋が見える。中学生ぐらいのグループがいくつも陣取っておしゃべりしていた。小物釣りをして遊んでいる兄弟もいる。浮き桟橋は波に揺られて、軋み、怪鳥のような声を上げていた。

平日の、平穏なアマゾン河岸の夕暮れ時。野球帽をかぶり、短いジーンズをはいた背の高い若者が、大股で、遊歩道を河下へ歩いて行く。背中にはぺっしゃんこのデイパック、片手に釣り竿を握っている。今日の釣りを終えて、家路を急いでいるのだろう。

河岸は長い港だった。出ていく船もいい。帰ってくる船もいい。夕暮れだと特にいい。

午後六時を過ぎて、いつの間にか河岸の人の出が多くなった。風が涼しくなった。散策する人、恋人らしいカップル、じゃれ合う生徒たち……。

街灯がともった。夕涼みに出て来た人たちの影が、河岸に沿ってぽつんぽつんと見える。

＊

その日、都内のどこかで待ち合わせ、次の旅の打ち合わせか何かをしていたのだと思う。

寒い冬の日で、夕方には一区切り付いた。しばらく雑談していると、小説家が急に、「時間があるならつきあわへんか」と言って立ちあがった。車を拾って、行く先は、銀座。なんてことのない外観の焼鳥屋へ入ると、飲み物と何品かを立て続けに注文した。

この夜の小説家の様子はどことなく違っていた。旧知の店らしい焼鳥屋の、テーブル席に着くと、久しぶりのように店内を見回し、何か構えるような気配があった。焼鳥が来た。小説家はいつものようにすぐさま手を伸ばし、あっというまに何本か串を平らげると、驚くことに、こう言った。

「あかん。違《ちご》てしもてる。出よ」

さっさとレジに向かって行って支払いをすませると、外へ出てしまった。注文したもののほとんどがまだ来てもいなかった。

これにはわたしはびっくりしたが、店のほうも驚いただろう。

次に向かったのは、そこから歩いて行ける路地の、おでんを売り物にしているらしい店だった。ここのこともあまり覚えていない。なぜなら、小説家はここでも、「違う」と言ってすぐ出てしまったからだ。混乱しながら小説家の後を追った。

もう一軒も同じこと。

「昔の味を君に食わせようと思たんやが、どこも味が変わっとる」

移り歩く理由を小説家はそうつぶやいた。ちらちら雪が降って来て、積もりそうな気配だった。

その日そのあとどうしたのか、はっきりした記憶がないが、数寄屋橋の近くで雪のなかタクシーを拾って去る小説家のすがたがかすかに思い出される。

——次から次へ店を移すというのは、いま思ってみても明らかに何かにいら立っている表れだった。わたしを連れ歩いているのも、一人でいたくないからに過ぎなかっただろう。だからこの出来事を「女性」という文脈のなかに置くことも可能だ。会うはずだった女性と急に会えなくなったのかも知れない。夜遅くからだが空くはずの女性との約束まで時間をつぶしたかっただけかも知れない。

しかし、小説家が何かを「書きあぐねていた」という文脈のなかに置くこともできる。当時、小説家は「耳で書いた自伝」を文芸誌に連載中だった。

わたしに「食わせたい」と言っていたものも、じつは小説家自身が、何かを思い出すために、あるいは何かを確認したいために、探していたものだったのではないかという仮説を、いまなら立てられるような気がする。プルーストのマドレーヌの話をよく引いていたことを持ち出すまでもなく、味と記憶は深いところで通じていると、小説家は信じていたと思う。

「味が変わった」というのは、それらの「味」がその「何か」を思い出す、あるいは確認するよすがにならなかった、という意味ではなかっただろうか。

そう思わせるような切迫感が、今でもわたしのこの記憶にはある。

小説家の亡くなった後、「闇」三部作の最後に当たる『花終る闇』が、文芸誌上に「未完」として一挙掲載されたのを、胸苦しい思いをして読んだ。

初めて会ったときから、小説家が「書けない」と悩んでいたのはこれだった。十数年にわたって辺境を釣り竿をかついで歩きながら、一方で小説家が攀じ登ろうとしていた壁とは、こういうものだったのか。その壁の頂上が、目の眩むほどの彼方にあったことだけは伝わって来て、苦い思いが抜けなかった。その後、二十年、どこかに封印したままにした。

「未完」と判断していたものを、自分が死ぬとわかったとしたら、取り戻したいと思わなかっただろうか。死力を注いで刊行しようとした短編集『珠玉』をすべての絶筆として、未完成の作品は破り捨てたいと思わなかっただろうか。

もし万一——そんなことはあり得もしなかったが——その原稿が自分に預けられたものだったとしたら、そのまま小説家が黙って逝ってしまったとしたら、どうしただろう。

二十年ほど経ったとき、小説家を三十代から知るある作家が講演の中で、『花終る闇』に登場する、〝爽やかな体つき〟の若い娘について、この女性が開高さんの書きたかった永遠の女性のイメージ、「夢」ではないか、と語ったのを聞いて、そういう見方もあるのかと感じるところがあった。たとえ未完で、成功作とは言えなかったとしても、『闇』の前二作のさらにはるか上を小説家が目指していたことを、残された未完作は示唆しているのではないか。この作品が公表されなかったとしたら、それをこそ、われわれは悲しむべきだったのかも知れない、と。

二〇〇七年の年頭、高橋さんと、「いよいよ、先生と同じ歳になってしまったね」と言い合った。それから以降は、開高健が踏み入ることのなかった年齢だった。

ところが、その年の九月、高橋さんは五十八歳で急逝してしまった。その病の予兆すらなかっただけに、ショックは大きかった。アミーゴとは呼び合っても、親友にはなれなかった自覚はあった。しかし、三十年以上、開高健と驚きの世界を共に生きて来たのだ。喪失感は大きく、菊谷さんを呼び出して二人で嘆き合った。

その菊谷さんも、二〇一〇年一月に亡くなってしまった。

*

「パイのパイのパイ！」

いきなり後ろから声がとどろいて胆をつぶした。

「ばかばかばーか！」

入り口のほうから、爆発したような髪のずんぐりした中年女性が、叫びながらテラスに入って来た。叫びの矛先は、入口の横あたりでいちゃついている高校生カップルや若いグループに向けられているようだった。

彼女は声を限りに罵《ののし》りながら、わたしがこれから座ろうとしていた河沿いのデッキチェアの隣りにどっかと腰を下ろすと、唯一の持ち物である小さなハンドバッグを机の上に投げ出した。

ウエイターや他の客たちは、遠巻きに彼女を見ている。

「パガ、パガ、パーガ！」

周囲をにらみ倒しながら、彼女はだんだん静かになった。一体何者だろう。

だんだん耳の焦点が合ってきて、「パーガ」と「プータ」という単語が聞き取れたように思った。前者は領収書に押されるハンコの文句の「支払い済 Pago＝英語の Paid」と関係があるらしく、後者は七七年にもわたしたち悪ガキがすぐに覚えた怪しからん単語――「売女」とかその種のもの――である。

彼女は若者たちに向かって、たぶん、何か説教をしているようだった。

〈お前たち、こんなとこ来るんならカネ払えよ！　いまからそんなに男とイチャついてると、そのうちプータだよ！〉

二つの手掛かりから推察するに、こんなことではないだろうか。

しばらく観察して、どうも彼女は何かに怒ってはいるらしいが、頭のネジが飛んでいるわけでもなく、宗教的な熱狂にかられているわけでもなく、酔っ払っているわけでもないと判断し、わたしは狙っていた席に座ることにした。

そこからは、夕陽がタパジョス河の方向に沈んでいくのが眺められる。菊谷さんとの約束が果たせるとしたら絶好の場所だと、前の日から目星をつけていたところだ。

日差しは依然強く、サングラスを外すことはできない。かつてこの河べりにいて、菊谷さんが「人生の夏休み」と呼んだ輝きの時間、それを共有した人たちは今回誰もいない。しかし、隣りではパーガおばさんが机の上に突っ伏している。目のはしに入れておくしかないだろう。


わたしに病気が見つかったとき、十四歳年上の菊谷さんはこう言った。

「大丈夫。アミーゴ。一緒にまたアマゾンに行こうや。俺が連れて行く」

小説家の死から十年が経っていたが、そのころには、小説家と同じ病気なんだ、ということだけが救いに思えるような、屈折した気持ちがあった。同じ病気で死ぬんなら本望、とまで言うつもりはなかったが、まあ仕方がないか。

だが、菊谷さんの言葉が単なる慰めでしかないと意固地に思い込む一方で、「またアマゾンへ」という一言の持つ呪術的な響きは、明るくてありがたかった。

それから十年、こんどは菊谷さんに同じ病気が見つかった。自分の状態をほぼ完全に告知されているらしいことが、電話から伝わってきた。

今度はこちらから、手紙を書く番だった。

「まだ、アマゾンには行ってないじゃないですか。サンタレンの岸辺のオープンテラスで夕陽でも眺めながら、うまいビールを飲みましょう。銘柄はBrahma、あるいはAntarcticaのほうがお好みでしたっけ？　この次は、釣り竿を振らなくても、ただ眼に徹するだけでもいいような気がしますがいかがですか。」

朝。

風に吹かれ続けているせいで身体感覚がにぶっているが、太陽からは確実にダメージを受けている。西へ西へ、上流へ上流へ、魚市場の先まで歩いて、引き返す。

帰り道はまともに向かい風を食らう。正面にはまだ上がったばかりなのにもうギラギラの、融けた鏡の太陽。歩いても歩いても身体が浮いて進まない。

がんになったと報告したわたしの顔を一目見て、そのころ「平家物語」を双調していたその作家は、「菊池さんは治るよ」と言下に断定した。そこまでストレートな慰めは初めてだった。しかし、さらに、こう続けた。

「でも、菊池さんは自分の身体の言うことを聞かないからなあ」

自分の身体の発する言葉に耳を傾けること。今、太陽に向かってアマゾンの河岸を歩きながら、この作家に言われたことを思い、自分に問いかけてみる。

「大丈夫か？」

すると、身体は頑固にも答えるのである。

「大丈夫だ」

しかし、向かい風はほんとうに重く、身体が何度も浮きそうになる。点滴から解放されたあと特有の、しつこい貧血と立ちくらみがある。ベンチが目に入るとすぐに座り込みたくなる。

小説家は、まだ走り続けていた五十代のとき、わたしたちに言ったものだった。「諸君らもいつかわかる。立つ前に座ることを考えるときが来る」

しかし、オープンテラスから、スロープの下へ、河辺に突き出た浮き桟橋の方へ、立ったまま足が勝手に降りて行った。

桟橋に座り込んでしまった。昨日釣り少年たちが遊んでいた場所だ。性も根も尽き果てた感じだった。そのまま桟橋の板張りの上に寝ころんで、青い空と白い浮き雲を眺めようとした。ハゲワシが数羽、獲物をロックオンするようにこちらを見下ろしながら、空を滑って行った。

わたしにとって何よりも明らかだったこと。それは、小説家との短くない旅の中で最も大きな

「驚き！」とは、開高健という存在、そのものだったということ。

＊

今回の旅を始める前に気になっていたこと三つ（第一章32頁）のうち、

（一）一九七七年はブラジルやアマゾンにとってどういう時代だったのか？

については、結果、ほとんど取材らしいことができなかった。

ただ、旅の間に耳にして印象に残った事項はいくつかあった。それらを並べると、

・一九七七年は、ブラジルの軍事政権下で経済がもっとも安定していた、「ブラジルの奇跡」と呼ばれた時期の最後の部分だったこと。

・軍政からの民政移管は八五年だったこと。

・八〇年代半ばから激しさを増したハイパーインフレのピークは九〇年代初頭だったこと（九三年には年率二四〇〇％超え）。

・一九七七年は日系人社会では、翌七八年の日本ブラジル交流七〇周年記念事業（アマゾン地域は七九年）の準備で大わらわの年だったこと。

・ハイパーインフレに苦しんだ八〇年代半ば、それまで「入」移民の国だったブラジルが「出」

移民の国に転じたこと。
・バブル景気下で人手不足の日本が入管法を改正し（九〇年）、ブラジルからの出稼ぎ労働者が急増したこと。
・七七年当時はクルゼーロが通貨単位だったが、その後、クルザード、新クルザード、クルゼーロ、クルゼーロ・レアル、レアルと変化したこと。その変遷はインフレ対策の苦闘の歴史に対応しているということ。
・ハイパーインフレは九四年の「レアル・プラン」によって急激に沈静化したこと。
・…………
・ブラジルはいま、人口は二億に迫り、数年以内に国内総生産（ＧＤＰ）世界第五位になろうという国であること。
・二〇一四年にブラジルで開催されるサッカーのワールドカップでは、マナウス、クイヤバ、ブラジリア、サンパウロなどが開催予定都市に入ったが、残念ながらベレンがそれに入っていないこと。
・日本から来た女性がごく普通のブラジル人主婦に開口いちばん、「あなたのバストはシリコーニが必要ね、八十グラム」と忠言されてのけぞった、そういう時代に入っていたこと。

（二）開高健はなぜ『オーパ！』が書けたのか？

は、本文でも何度か考えようとしたが、当然のことながらやはり答えは見つからない。「なぜあんな痛快な紀行文が書けたのか？」と問い直すとしても、

・開高健がアマゾンを、戦火なきジャングル、と見なすことができたこと。
・視線の先を〝アマゾンの自然の驚異〟に絞り、見たり、聞いたりした多くのものを捨てる勇気が持てたこと。
・それゆえに面白がる精神が最大限に発揮されたこと。

といった感想がいくつか浮かぶだけだ。

（三）自分が同行したのは本当か？
……確かに一九七七年、自分たちはここにいた。

＊

一九六〇年代後半のある日、アマゾンの河口から上流へさかのぼっていたはずの一艘のヘガトン船。

一四〇トン級、アマゾン水域では普通トラックに相当する、乗組員五人、木造のこの貨物船は、

河口の町ベレンから数百キロ上流のサンタレン、イタクアチアラまで、一航海四十五日をかけて大河を上がったり下ったりしていた。

ヘガトンとはアマゾン河の行商人、もしくは行商そのものをさす。大河沿いに何十キロも離れてぽつんぽつんとある日本人入植地を回って、現地の産物であるワニやヒョウの皮、干した魚、ジュート麻などと、ベレンからの生活物資（塩、砂糖、マッチなど）を物々交換したり、掛売りで商売をつないで歩く。

この貨物船「ヴァルガス」号の行く先々では、商売だけでなく、酒盛りや、マージャン卓や、恋が待っていた。現地の人々は、日本語のやりとりと、新しい顔と、情報に飢えていた。

サンタレンの森さんの修業時代を担ったヴァルガス号は、アマゾンに入植した日系移民の高拓（日本高等拓殖学校）同期生たち三人の起こした「安井宇宙商会」の所有だった。彼らは売店、農場、交易船の運営を三分担し、ヘガトンを担当したのが山崎太郎（第四期生、一九三四年入植）だった。

アマゾン入植希望の日本の若者たちを預かっては、ヘガトンに乗り組ませて鍛え、それぞれの道へと送り出す――そうした山崎の活動は、卒業生や関係者たちの間で、いつか「山崎学校」と呼ばれるようになっていた。

ヘガトン船自体も代を重ねていった。一四〇トンの木造船ヴァルガス号から二〇〇トンの鉄造船「カリズマ」へ、さらにカリズマは「サンジョアキン」と名前を変え、アマゾンの日系移民史と卒業生たちの思い出と交叉しながら、一九七五年、三人の合議によって商会が閉鎖されるまで、この流域を走り続けた。

サンタレンで小説家の一行が借り上げた船のその後のことを、今回の旅で追うことはまったくできなかった。モンテ・カルメロ号は、ある牧場主《ファゼンデーロ》が自家用に造らせて使っていたという、貨物用にも乗客用にも転用できる構造の、小ぶりな焼玉エンジン船だった。

一九七七年の時点でも決して新造船ではなかったが、この流域では――廃船手続きの煩雑を嫌って――三十年、四十年と表に出ず生き延びる船もあると聞いた。アマゾンでは決してあり得ないことではないというのだから、この広い水域のどこかで、ひっそりと今の持ち主のために働いているすがたを想像することにして、それ以上探すのはやめた。

ロボ・ダルマダ号も、すでに遥か昔に、アマゾン航路からすがたを消していた。

ベレン市内にある「アマゾン流域水運歴史博物館」には、ロボ・ダルマダの模型が展示されており、付けられた説明によると、この船は一九五四年にオランダのアムステルダムに造船を発注されたブラジル商船五隻のうちの一隻だった。これら五隻は、外装が白塗りだったため「白色艦隊」とも呼ばれたらしいが、一隻一隻、難破したりスクラップ化されて姿を消し、一九七七年当時にはすでにロボ・ダルマダ一隻しか就航していなかった。

「しかし、ロボ・ダルマダは一九八〇年代まで生き延びることはできなかった。七〇年代後半に難破した。」

七七年に開高隊を乗せてアマゾン河を元気にさかのぼっていた船の最期を、説明プレートは簡潔に、あるいは、そっけなく、そう記している。

この船のその後についてもう少し詳しく知りたいという希望も叶わなかった。ただ、「難破した」という以外に二つの説があったことだけを付け加えておこう。

一、バイーア州サンフランシスコ河流域の船会社に転売された。
二、トカンチンス河（アマゾンに流れ込む大きな支流の一つ）河口付近の都市・カメタの港周辺の岸壁の崩落防止のため、岩石を満載したうえで沈められた。

この船のすがたは、日本の小説家の筆によって、まるで破天荒で底抜けに明るい、開高健の眼に映ったアマゾンそのものの象徴のように、書き留められている。

一九七七年、八月二十一日、未明。

アマゾンへのイニシエーションの役を務めてくれた船の出航をその眼で見送ったのは、小説家だけだったかも知れない。

「無敵艦隊のオオカミ」はしばらくして岸壁をはなれ、全船室に燈をつけ、ナーダ、トーダと歌いつつ、暗い、広い沖へ出ていった。遠くから見るとそれは華やかな、できたばかりの玩具のように見えた。

第一章「神の小さな土地」はそう終わっている。

しかし、「オーパ！」の旅は、このときまだ始まったばかりだったのだ。

あとがき

本には「オビ」とか、古くは「腰巻」と呼ばれる宣伝物がある。その本に関わった者が読者に向かって、こんな本です、とか、こんなに面白いです、といった気合を込めて作ることが多い。

本書は、三十三年後になって旅の担当が書いた、『オーパ！』という本の長いオビコピーのようなもの。編集者がそこに込める思いはみんな入れたつもりだ。すでに紀行文学の古典とまでいわれる作品に今さら宣伝オビもないもんだが、これについては、すみません、小説家との旅を思いっきり思い出したかったんです、と繰り返すしかない。

七七年のアマゾンの旅には、わたしたち同行者がその肖像画を描きたくなるほどの、くっきりとした「旅の風貌」があったため、この旅に触れた先行作品に次のようなものがある。

・小説家との三十年に及ぶ交流を描いた『開高健のいる風景』（菊谷匡祐、二〇〇二年、集英社）
・同行した写真家による回想録『旅人　開高健』（高橋曻、二〇〇五年、つり人社）
・別の角度から同じ流域を描いた『アマゾン河の食物誌』（醍醐麻沙夫、二〇〇五年、集英社新書）

・開高健のアマゾン・メモの発見者による釣人の評伝『長靴を履いた開高健』（滝田誠一郎、二〇〇六年、小学館）

これらとはエピソードなどでなるべく重ならないように意識はしたが、重なるところもある。ただ、それぞれの記憶に基づいたものなので、記述どうしの間で整合を取ることはしなかった。

本書の「親本」にあたる開高健著『オーパ！』には三つの版がある。

・単行本『オーパ！』（一九七八年初版、集英社、絶版）
・文庫版『オーパ！』（一九八一年初版、集英社文庫）
・『直筆原稿版　オーパ！』（二〇一〇年初版、集英社）

本文中で取り上げたキャプションのオリジナル写真や原文に当りやすいように、その場所ごとに、これらの版の当該個所の頁数を（注として）入れてもらった。

また、開高健によるこのアマゾン紀行へのあとがき（「蛇足」）の真似をしてしまうと、わたしもポルトガル語はまったく理解できないので、ここに書いたものは——思い出の部分は別として——わたしの旅の周りにいて下さった日本人、日系人の方々に聞いたり訳してもらったことをもとにしている。しかし、誰から聞いたものか、そのつど記すスタイルが取れなかったため、文責はあくまでわたしにある。思い違いなど、ご教示いただければ幸いである。

次の方々に深く感謝いたします。

今回の旅のみならず一九七七年の旅でも一方ならずお世話になりました、醍醐麻沙夫さん。本書校了直前に亡くなられた陣内衛さん。

今回の旅のその時どきに、二つとないサポートを与えて下さった北島義弘さん。

命を拾って下さった看護師の形山千明さん、ベレン「アマゾニア病院」関係者のみなさま。

ロボ・ダルマダ号のその後を代わりに調べて下さった下小薗昭仁さん、酒井祐輔さん。

貴重な情報・ヒントを与えて下さった宍戸次男さん、堤剛太さん。

旅に送り出し、黙って迎え入れてくれた、第一読者でもある妻・悦子。

菊池治男

増補章　〝手錠つきの脱走〟について

湘南電車に乗る。

東京から神奈川県茅ヶ崎市まで、普通電車で一時間ほど、開高さんの仕事場にかよいつづけたあしかけ十四年は、旅の下準備から機材リストづくり、打ち合わせ、たんなる飲み会、お詫びやお願い、盛大なる飲み会、釣り道具のピックアップ、出発、帰着、原稿受けとり……機材運び以外はほとんどが湘南電車だった。

駅前は北口も南口もビルがたちならび、駅モールも充実し、りっぱな首都圏都市の貌になっている。当時南口にある高いビルといえば、茅ヶ崎仲間だった作家の城山三郎さんの事務所のはいっていたマンションぐらいしかなかった。

開高さんの仕事場（いまの開高健記念館）へは「らちえん」通りから折れてスロープをのぼり、門がまえのあいだを通ってさらに数段、そこに母家にはいる大きめのドアがある。

われわれがはじめて開高邸をたずねた一九七六年春、このドアから招じ入れられて天井の高いリビング（いまの常設展示室）にいたると、そこでいきなり酒盛りだったことは本書「第一章」でふれた。

一九七七年のブラジル取材のあと、しばらくして、開高さんはそれまであった母家の書斎を捨ていまの書斎を増築してたてこもった。以降われわれは庭をぐるりまわって直接あたらしい書斎へかようことになった。母屋に牧夫人と娘の道子さんが東京・杉並の自宅から転居してきたからだというのだが、開高さんはおおくを語らなかった。

庭をとおる道には「哲学の小径」という案内板がいまでもたっている。開高さん本人が増築のさいにつくらせて立てたものである。

小径をたどって書斎にまわると、たいてい開高健みずから脇のちいさな入り口のドアをあけて待っていてくれた。

記念館にはその書斎が、ほぼそのままのこされている。窓からのぞくと、部屋の西側に面して掘りごたつ式の書き机があり、座椅子、まるいスタンドがひとつ、机の上には一列に本が三十冊ほどならんでいる。壁面には世界各地で釣りあげた魚のトロフィー（剝製）。アラスカのキングサーモン、モンゴルのイトウ、カナダのマスキー、アマゾンのピラニア……。

ブラジル行のあと、さらに十年にわたってつづいたわれわれの〝驚き〟の旅。その、わたしにとってさいごの記憶の拾遺《しゅうい》を以下に――。

ボートと登山靴

アマゾンの冒険から針路を北へ――。ベーリング海にうかぶ孤島セント・ジョージでの巨大オヒョウ釣りは、ふりかえってみると「オーパ！」につづく「オーパ、オーパ!!」の旅のなかでもっとも過酷な釣りだった。

「6月のベーリング海に挑む。川ボートなので木っ葉のようにもまれる。」

そうキャプションのついた写真がある（「アラスカ篇」）。いかにも荒天の色合いのグレーの画面いっぱいに、大波にもまれるふたり乗りのボートと波しぶきが写っている。横っ腹にかすかにみえる舟の名前は「PAMELA ANN」。

セントジョージ島にはいった日は、年間数日しかないという好天だった。これは楽勝とおもったが、次の日から雲はたれこめ、雨はふりつづけ、時化《しけ》にちかい天候に急変する。釣りの条件としては非常につらい、しかも六月だというのに寒い。

南米アマゾンでの釣りのさいのわれわれの足元は、裸足か現地でつかわれる簡易なサンダル――古タイヤからつくられるらしい――だった。こんどは北の僻地だというのでわれわれは身構えたが、唯一のアラスカ経験者である開高さんはキャラバンシューズでいくという。

「どうしよう」

「足場はきっといいわけがない。登山靴にしよう」

高橋昇と相談して、ふたりともがっちりした登山靴を用意した。川での釣りも予想されたため、立ち込みようのウエーダー（長靴）も各人のものをそろえた。

しかし、荒天のベーリング海にのりだすボートをまえにしてわれわれははたと困った。気温がひくいので裸足で舟に乗る選択肢はないのだが、ボートのなかで履くものがない。長靴といってもウエストハイにちかいウエーダーか、登山靴。島のあちこちにある岩場や苔のはえた原野では登山靴はベストだったが、舟のうえではどうか。

「登山靴はいてたら立ち泳ぎもできない。それに、この冷たい海に落ちたら泳げたってそうながくは持たない。このままで行こう」

北海道生まれの野生児・高橋カメラは決断した。わたしに異見のあろうはずもなかった。

開高健はこの難局でもつねと変わらずにみえた。木っ葉船で釣りに出、海が荒れはじめるとすぐ無線がはいる。

「カイコ、カイコー！　海ガ荒レハジメタ。アカン。帰ル！」

岸にのこった北海道出身の映像監督が海を見、「ウサギが飛びはじめた。やばい」とつぶやく。立った波頭が白く、ウサギがならんで跳ねているようにみえる、荒れはじめの兆候らしい。

わたしは別のことをかんがえていた。なぜかはわからないが、開高健というひとの強運を信じよう、オレたちは大丈夫だ、とじぶんに言いきかせたのを、「ウサギが飛ぶ」ということばといっしょにおぼえている。

食卓は愉しい

「チンジョン」という広東料理があり「清蒸」と書く。英語では steamed fish というらしい。

アラスカ・ベーリング海のオヒョウ釣りのつぎに攻めたのは、おなじ北米、合衆国のアリゾナ州ミード湖のブラックバス釣り、そしてカナダのチョウザメ釣り、北部マチャワイアン湖での「壁の眼＝ウォーライ」釣り。その過程で——現地料理にはんぶん見切りをつけて——中国料理をたべつづけた。

「日本紳士開高先生。好吃好酒。以食為天。（ロスの中華街にて）」

というキャプションのある写真は、テーブルにすわっておおきなメニューをひろげている開高さん（「カリフォルニア篇」）。飲み物のオーダーもそこそこにメニューを読み込む。

「ほほう、ここは広東系やな。点心もひととおりそろっとる。魚のウキブクロの炒めたの、魚のくちびるの料理まである。お、これは gouper やからセッパンユイ（石斑魚）、つまりハタやね。これの清蒸はうまいで。清蒸、steamed fish は回遊している魚より、根につく底魚がうまいんや。香港ではな……」

メニューをみてその店の出自を見ぬき、料理のひとつひとつについてあふれだす、旨そうな、噴きだすような、舌を巻くようなエピソード。

アラスカ、ロサンゼルス、バンクーバー、トロント、ニューヨーク、各地の中華料理屋でみつけるとかならず清蒸を注文した。

清蒸がくると開高健はすっくと立ち、その丸のまま蒸された魚をフォークや箸でみずからとりわけ、われわれスタッフそれぞれの皿に盛ってくれる。魚のうえにはネギや香菜《シャンツァイ》（コエンドロ、パクチーとも）などの香草類が熱した油とともにかけてあるが、それらも均等にわけてのせてくれる。これは清蒸のときだけになされる、たぶん中国の友人直伝の開高流もてなし作法だった。

そして、

「諸君、清蒸は魚の鮮度がいのちや。香港のがうまいのは海辺やからやな。それでな、清蒸はこの残り汁がまたうまいんや。白飯——ホイファンと開高さんは発音した——をたのんでみ」

白ごはんのはいった小ぶりの飯椀がくる。清蒸の魚をとりわけて残った骨身のしたにたまっている黄金色のスープを、香草類といっしょにスプーンですくって白飯にかけてわたしてくれる。魚の脂・うまみが紹興酒、中華醤油ととけあっていて、美味くない、はずがない。

ナマズの清蒸

夕飯の場所さがしは旅の担当編集の重要なミッションである。開高さんはいう、「おれの食事の機会はあと何回のこされているとおもう？　五千回か、一千回か？　一回一回むだにはできない。うまいものをさがすように。いいね」。

冗談とも本気ともつかない口調でそう念をおされ、わたしは初めての街へ出る。

バンクーバーではロケハン用にやとったタクシーの運転手に聞いた。「うまい steamed fish を食わせるチャイニーズはないか？」

運転手はうなずいて車をまわした、ようにおもう。バンクーバーにもあるおおきな中華街。そのなかのなんの変哲もない一軒。わたしはメニューに「steamed fish」とあるのを確認してホテルにもどった。

釣り場でのつかれで昼過ぎまで寝ていたらしい開高さんと、ロケハンでいっしょだった高橋カメラらとでその中華食堂にむかう。

ここは開高さんの採点でもアタリだったが、バンクーバーのこの店の清蒸の魚はなんとナマズ（catfish）だった。開高さんもナマズの清蒸ははじめてだといった。

ナマズといえばアマゾンのスルビンやピライーバ、コスタリカのグァポテ釣りの湖のでかいの、ちいさいの、とにかくわれわれのあたたかい地方での釣りのターゲットのとなりに必ずいるといってもいい淡水魚で、いわば近しすぎる魚。ところがそれが、清蒸にすると、「いける！」。白身の肉は淡白で脂がのっていて意外なほどうまい。

「ナマズはアマゾンでも食ったが、清蒸にするとはおもいつかなかった。不覚やった。なあ、教授」

アマゾン行のあとのアラスカから合流した料理人の谷口〝教授〟にむかって同意をもとめる。

かれは開高さんの清蒸好きを骨の髄まで知っている。

天使の教え

「こういう瞬間をフランスでは、天使が通りすぎた、というんや」

そうおしえてくれたのも開高さんだった。会話がとぎれ、座にしらけたような空気のながれる瞬間を開高健はきらっていた。もしくは、じぶんとの食事の席ではそういう瞬間をつくらないよう、最大限の気づかいをしていた。小噺をくりだす、ジョークをとばす、じぶんの海外での見聞をかたる……。ほとんど切れ目がない。もちろん一方的にしゃべるだけではなく、問いかえす、わらう、じぶんの逸話をかたりながら相手の本音を聞きだす、答えをさきに言ってみる……、会話をもりあげるあらゆる営為をおしまない。

それは食事をともにするひとたちへのサービス精神、ホスピタリティと解される。しかし、それだけだろうか。

それでも、ながいわれわれとの旅のあいだで開高さんがだまりこむ瞬間というのはあった。何回かあった。

聖画のなかの開高健

本書新装版のカバーにつかわれている高橋曻の写真は、アマゾンの河口の街・ベレンへはいったばかりのころ撮られたもの。現地でカランゲージョと呼ばれるドロガニの殻の山をまえに手づかみで無心にカニを食べている開高健がいる。テーブルが地平をつくり、そのむこうにヤシの葉を編んだアマゾンの麦わら帽をかぶった僧侶のようなそのすがた。全体に褐色のひかりがさしていて、まるで聖画をみるようだ。ただ、最後の晩餐、といった悲しい色はない。

これを撮影した前の日、われわれははじめて臨んだ大河アマゾンに興奮していた。

一行はざっと市内観光をすませて市場へむかったとおもう。ベレンは南緯一度そこそこ、アマゾン河口にできたおおきな街だが、目のまえに流れる水は、川中島であるマラジョ島によって二分された大河の半分でしかない。それでも向こう岸がかすむ。

ここは古くから大西洋越しにヨーロッパやアフリカと交易する港町で漁港。市場で開高さんが検見したのは魚の売られている一角だった。

海の魚、河の魚、いりまじってならんでいるなかで、われわれのターゲットであるピラルクーも中型のものが数頭ならんでいた。開高さんはその口をのぞきこんで、なにやら確認したようだった。ほかの魚——トクナレやタンバッキー、スルビンといった、あとで馴染みとなる魚がいたはずだ——についても、

「あ、これはニベやな。これはスズキのなかまやね、しかしデカいなあ。これがトクナレか、いわゆるピーコック・バスやね」

じぶんなりに解説しながら魚の口元をみていく。口のおおきさやかたち、歯のぐあいなどから

その魚がフィッシュイーターか否か、ルアーを追う魚かどうかわかるのだという。

帰り際に、開高さんが道端のならんだバケツに気づいて案内のひとに言った。

「ドロガニやないか？　これはまちがいなくうまいはずや。どこかこのカニを食わせるところへつれていってくれませんか？」

それでその晩、カランゲージョ屋へむかった。

とおい記憶のなかでそこだけ光に照らされておもえるのは、地面のうえに木のテーブルとベンチをすえ、屋根を葺《ふ》いただけの食堂。すわるとまずひとりひとりにちいさな棍棒がくばられる。これでカニの殻をテーブルの上で叩き割るのだという。破片や汁がとびちるが、気にするような環境ではない。

皿に盛ったカニがくると、多弁な開高さんも無口になってひたすら食べた、ようにおもう。天使が通りすぎたどころではない、天使の大宴会。そこで高橋カメラはこの「画」をおもいついたらしい。願い出て、次の晩も同じ店へいった、ただしこんどはカメラ機材をフル装備にして。開高さんに否やのあろうはずはない。

店につくと、開高さんはさっさと注文し、ワインを飲《や》りながらつぎつぎとカランゲージョをたいらげる。われわれもつづく。ある段階で、指をなめつつ高橋カメラがうごきだした。

みんなの食べた殻をあつめて開高さんのまえにつみあげる。ほかの部屋の天井にともっている裸電球をいくつかコードごと外してきてもらって即席のライティングをする。店のほかの客たちがなにごとかとあつまってくる。

まだアマゾンにはいったばかりでかれの仕事ぶりをしらなかったわたしはあっけにとられた。そこまでやるか、とおもった。カメラマンという人種の造形力のすごさ、アイデアの奔放さ、面の皮の厚さ（＝開高さんの評言）……。どんな「画」がカメラマンのあたまのなかにあるのかデジカメの時代ではないのでわかりようがなかった。

カメラマンの教え

アマゾンにはいったばかりのころ、写真のことで高橋さんとはなんどか小競り合いがあった。編集のいうとおりに撮ってくれるカメラマンしかしらなかったから、高橋さんにもそう接していた、といえばいいだろうか。で、ベレンにはいって間もないころ、わたしはかれに注文を出した。

「この暑さを写真にしてよ」。

そうしたら高橋さんがするどい眼をしていった、「アミーゴ（＝わたしのこと）ならどう撮る？」

そう問われると、じぶんのなかになんの絵もうかんでいないことに気づいた。汗をかいている人の額？　上半身はだかの男たちのあえぐような顔？　苦しまぎれに、

「暗い室内から窓の外の強烈な日光のなかにあえぐおとこたちのすがたを撮る、というのは？」

そうしたら高橋さんは一言、

「そんな説明的な写真は撮らない」

それが、この——その後なんども耳にすることになる——セリフの聞き初めだったかもしれない。

そしてたちあった、「カニ山」の撮影。わたしはこのひと——同い年の野生派カメラマン——に〝注文〟のような賢《さか》しらなことはしないほうがよさそうだとおもいはじめていた。

水辺の歓び

「ウォッカまみれ、垢まみれ、魚まみれ。ああくたびれた。おお、輝ける日々よ。夏よ。水よ。」

水辺の桟橋のうえで地元のオジブウエイ・インディアンの少女とならんでよこたわる開高健の写真。カナダの北部、マチャワイアン湖にウォーライという不思議な眼をした——だから wall-eye という名の——魚を釣りにいったときのカットにつけられたキャプション（『カナダ篇』）。

桟橋に寝転がってしまった開高さんをみて、そのときわたしは、じぶんも寝転がってみたいとおもっただけだったが、高橋カメラはちがった。そんな開高さんを撮ったあと、見物に来ていた現地の人から少女をえらんで横にならばせた。少女のはずかしそうな笑みが写真に青空のような明るさをあたえているのが、いまみるとわかる。

このとき「ウォッカまみれ」だったのはなぜか。インディアン居留地に立ち入るときの禁止事項は「アルコール類を持ちこんではいけない」だった。

それがあって、釣りをおえて湖畔の居留地から脱出し街のホテルにたどりついた晩は、全員でアルコール入りの大宴会をやらかしてしまった。それが残っていてこの写真になったのだろう。

栈橋で横たわってみるとどんな景色がみえるのだろう。いちどやってみたくて、三十三年後ブラジルを再訪したとき、サンタレンの河辺の船着き場でやってみた（本書「終章」参照）。栈橋の板の下はアマゾン本流の河面。すぐ耳元でちゃぷちゃぷ鳴っているのが大河のつづきだというシュールな感覚。見えるのが青い空しかないのもここちよかった。写真のカナダの湖での開高さんのように二日酔いではなかったけれど……。

なにもない時間

「亀が二匹流木にのって、ピンと頭を立てている。これを直列二亀頭という。五時間、船で走って、これを思いついただけ。」

中米コスタリカ。カライワシ科の巨大魚ターポンをねらった釣行で撮られた写真のキャプションにこうある。読んで字のごとく、流木に亀が二匹、頭を立てている、それだけ（「コスタリカ篇」）。

ターポンはニシンを巨大にしたような体形の、一〇〇ポンド級もめずらしくないといわれるゲームフィッシュで、かかると猛烈なジャンプをくりかえす。わたしも一匹かけたが、ドシンときた瞬間にジャンプされ、首をふって逃げられた。

　例によってわれわれはこのターゲットにもなかなか出合えなかった。首都・サンノゼから大西洋岸のコロラド川河口のロッジへはいったが、雨で海が冷え込んでいるとのことで、魚の気配すらない。釣り場を変えることになって、コロラド川河口から南の街・リモンまで、大西洋岸の内陸にそってつくられた水路を小船ではしることになった。

　岸辺のジャングルはアマゾンをおもわせるが、どこかまるい、やさしい、「亜」が付きそうな熱帯雨林だった。釣りでもなく、ただ廊下のような水路を五時間走るふしぎな旅。

　ワニも毒蛇も毒グモもいるが、ピラニアはいない。水路はせまく、視界もかぎられている。最初はおもしろがって船の外につづく密林をながめていたが、だんだん会話のタネもなくなる。そうしたら、開高さんがいった。

「菊池くん、直列二キトウって知ってるか？　二つの亀頭やで」

　指さすところをみると、亀がならんで木の肌にとまっている。おもわず開高さんの顔をみてしまった、とおもう。開高さんは雨にふられつづけ、あちらこちらターポンのすがたをもとめて移動したさいの無聊のようすを、「直列二亀頭」にたくして本文にも書いている。ここのやりとりは、ほぼ、事実である。

デカルトと助平

カメラマンの高橋さんは開高健と最初にあったとき、アメリカの釣り雑誌の魚のジャンプしている写真を見せられて「こういう写真が撮れるか?」と聞かれ、「撮れません」と謙虚に答えたという。そのときもうひとつ、同行するカメラマンの三条件というのを聞かされていた。優秀なカメラマンの三条件――どこでも寝られる、何でも食える、助平である――がそれだったが、その後、カメラマンから旅の同行者にまで拡大適用されていった。

わたしも早い時期にそう問われ、「はい」と答えた。おおいなる安堵をもって――。どこでも寝られる、何でも食える、はわれわれのような野外の旅では最低条件だろう。では最後の項は?「優秀な……の条件」としているのが開高さんの「らしい」ところなのだが、これを書いているいま、わたしはデカルトの『方法序説』の冒頭をおもいうかべる。

そこにはこうある。

――良識というものはこの世でもっとも公平に配分されているものだ。なぜそうか。世の中のどんなうるさ型でも、こと良識についてはじぶんが持っている以上は望まないのが常だから――だから公平なのだ、という理屈。

このへ理屈みたいなのがわたしには「助平」にも当てはまるような気がする。じぶんがじゅうぶんに助平ではない、と不満に感じている男って、世の中にどれぐらいいるものだろう。じつはわたしは『方法序説』読書のごく早い段階で挫折した人間なので、このデカルトの一節にどれぐらい皮肉がまじっているのかわからない。ただへ理屈みたいな冒頭だけはおぼえていて、いま、開高さんの出した三条件の最後の項目にむかって「はい」と答えて安堵しているじぶんをおもいだして可笑しくてならない。

開高さんの理屈では、じぶんの経験上、優秀なカメラマンは同時に助平である、別の言い方をすれば、おんなに積極的な男はほかのことにもアグレッシヴである、旅の同行者としてはこころづよいし、たのしい、ということらしい。

じぶんは人並みかちょっと多めに助平を配分されているとおもっていたわたしには、それを隠さないでいいというのは一種の〝解放〟だった。開高健に「きみはそれでいい」と認めてもらえたような気になってしまったのだからデカルトがあきれる。

壁のむこうの風景

短いエッセイの連載をもらいつづけて二年ほどたったころ、ひどく暗い声の電話をもらった。

「あかん。書けん。何かが、コトンと、音をたててとまってしもたんや。……？」

その声音はいままで聞いたことのない、地の底からとどくようなものだった。あせった。なんだ、なにが起ったんだ？　じぶんがなにかしくじったか？　ご機嫌をそこねたのか？　かんがえてみればその連載について、いつも上機嫌で「原稿、できたで！」と電話がはいるのが常だったから、こちらから催促したことは一度もなかった。ただ原稿を押しいただいてもどってきた。

パニックになったが何も言えず、電話口でただ固まるしかなかった、とおもう。

電話は切れた。何か言いたかったのだろうか、何か言わなければいけなかったのだろうか、ぐるぐるまわりながらひと晩をすごした。

翌日、何事もなかったように原稿があがった。わたしはこのことをだれにもいわず忘れようとした。

そして、忘れられなかった、もうひとつ。

開高さんの書斎にまだキングサーモンの剝製がかかっていなかったころ、開高さんはこう言っていた。

「かかった魚をリリースするやろ。するとかれは河へもどる、サケは河の一部となって生きる。そして、リリースしたその瞬間そのものも、おれのなかでずっと生きる。だからこうして、この書斎で面壁していると、そのむこうにキーナイ河が流れだすんや、滔々とな……」

それを、釣れないダルマ大師の負け惜しみのように聞いてしまった、〝ガッデム〟というあだ名そのままのじぶん。

いずれのときも、何かひとこと言えていたらといまならおもう。そうしたら〝旅の編集〟からもう一歩、「開高健」に近づけたのかもしれないのに……。

チン・コン・ソンはどこに

開高さんの口からチン・コン・ソンの名をはじめて聞いたのがいつだったかはっきり思い出せない。だが、一九八一年にでたレコード「カーン・リー／美しい昔」をカセットに落とし込んだものを茅ヶ崎の書斎に持っていったおりのことはよくおぼえている。

開高さんはそのとき、書斎にながれるベトナム風フォークソングの哀調を聴きながら、憑かれたようにベトナム取材時のはなしをした。

ずっこけたはなしも多かったから呵呵大笑がのべつはさまるのだが、ときどき開高さんがハンカチで〝目の下の汗〟をぬぐっていたすがたは忘れようがない。（カーン・リーというのは一九六〇年〜七〇年代チン・コン・ソンのパートナーであり、かれの曲をうたって人気のあった女性歌手）。

東京・杉並にできた「開高健記念文庫」に収蔵されている雑誌のなかに、開高さんがこの〝ベトナムのボブ・ディラン〟とうたわれたシンガーソングライターのことを熱く語っている記事をみつけた。この記事がでた当時あるひとにおしえられて読んだこともおもいだしたが、読んだことさえすっかり忘れていた（GLANTMEN　一九七七年十一月号「オーディオ探訪第5回語り手・開高健」）。

この記事は語り下ろしで、開高健のエッセイ集や談話集のどれにもひろわれていない。オーディオ関係の記事として見過ごされたのかもしれないが、内容は見のがすには惜しい。

太平洋戦争が終わったころ神戸の港で聞いた黒人兵の「セントルイスブルース」や焼け跡でおぼえたシャンソンの数々、パリでやらかしたあれこれや、安岡章太郎とのパリでのシャンソン歌合戦など、開高健がエッセイや自伝的小説でたびたびふれたエピソードが語りことばでてできて魅了されるが、なかにこんな個所があって目をむいた。

ちょっと長いが引いてみると、

——いま、ぼくはベトナムを舞台にした小説を書いているんだ。そうすると、どうしてもBGMが必要になるんだね。チン・コン・ソンという作詞、作曲の両方をやる若い音楽家がサイゴンにいてね。これはうまいんだよ、ほんとうにいいいんだよ。彼は、国民詩人といっていいくらいに愛されてた。

——オレは、最後にサイゴンから帰ってくる時（引用者注・一九七三年）に、もう再び訪れることもあるまいと思ったから、録音テープを買ってきて、日夜それに耽っているんだけどね。

その前回の一九六八年、つまり開高健二度目のベトナム訪問のさいにはチン・コン・ソンそのひとと会いはなしをしたこともあるらしい。そのとき若い音楽家はこんなことを言ったという。

——わたしの歌が街に流れると兵隊が戦争をする気をなくすから政府側からにらまれる。コミユニストにも嫌われている。しかし人民が支持してくれる。「それだけがわたしの楽しみなんです」……。

そのやりとりをうけて開高さんがこう言っている。

――（チン・コン・ソンは）最後にひと言、「わたしは雑草です」といって消えたな。この「わたしは雑草です」という言葉が好きでね。それで、いま、彼の周りをちょっと書き込んでいるんだけどね。……

このインタビューは一九七七年、われわれがブラジルへわたる直前になされたもので、旅に同行した菊谷匡祐さんが成立にふかく関与している。開高さんがふだんなら口にしないような創作の裏までかたっているのもうなずける。

ここで開高さんが「チン・コン・ソンをBGMに」しながら「彼の周りをちょっと書き込んで」いた作品とは、時期からして「闇」の三作目のことかとおもわれる。しかし、チン・コン・ソンそのひとや、かれをおもわせる登場人物は、のこされた未完の原稿「花終る闇」にも、自身の耳の記憶にこだわって書いた後期唯一の長篇小説「耳の物語」にも見あたらない。とくに後者にはたくさんの楽曲、歌への言及があるにもかかわらず。

カーン・リーのうたうチン・コン・ソンの歌――代表曲「美しい昔」は天童よしみがNHK紅白でうたったこともあり、ネットにもあがっている――は、その哀調からして歌謡曲と似ていなくはないが、醤油とニョクマムぐらいには風味がちがう。開高さんにとっては格別の喚起力があったろうとおもわれるが、チン・コン・ソンについての文章がエッセイ類にもあまりみつからない。そこに意識的な「空白」はないだろうか。

ひとつだけみつけた言及は『サイゴンの十字架』のなかの「一九七三年」の項にある「荒野の青い道」（一九七三年）というエッセイ。先のインタビューの四年前にあたる。

その文章は「死者へのバラード」というチン・コン・ソンの詩を引いておわっている。

おお、春よ！
死体は畑を肥やし、溝を香らせる
おお、ヴェトナムよ！
死体は未来のために大地に生を息吹かせる

そこには、じぶんたちの旅で目にしていた開高健とは別の開高健、小説作品をとおってしか出会えない開高健がいるようにわたしにはおもわれる。（チン・コン・ソンは二〇〇一年ホーチミン市で没。六十一歳。）

＊

茅ヶ崎の開高健記念館の入り口ドアの外側にかかる、ふるびた木製のプレート。ドアが開かれていると裏へ回ってしまってみえないが、プレートには英文でこうあった。

Don't walk in front of me, I may not follow;
Don't walk behind me, I may not lead;
Just walk beside me and be my friend.

この仕事場ができたのは一九七四年暮れ、プレートはその当時からかかげられているらしい。ここをたずねてくる人がこれを読んでニヤリとするさまを想像し、家の主があそび心でかけたものにちがいない。

みやげもの屋で売っているような安っぽいプレートだが、こんな文言をみやげにするような場所や施設がおもいうかばない。パリ？　フランス？　開高健はその前年パリをおとずれていて、そのとき買ったとおぼしき道標や看板のレプリカが邸内あちこちにかざってあるが、もしフランスなら――ネット情報ではこの文言はアルベール・カミュのことばとして出てくる――わざわざ英文なのは外国人向けだからだろうか。

このプレートは開高健記念館の入り口のドアにかけられたままだが、いまはもう色あせて文言じたいはほとんど読めない。

開高健『オーパ！』の最終章にこんな旅の終りの一節がある。

手錠つきの脱走は終った。羊群声なく牧舎へ帰る。

読むたびに、あの二か月の旅からの帰途に感じた、なんともいえない安堵感をおもいだす。それと同時に、開高健にとってこのときの〝手錠つきの脱走〟とはいったい何からの「脱走」で、何が「手錠」だったのだろうという、ながらくの疑問——。

うけとった最終回の原稿のなかにこの文言を読んだ当時、開高さんにとっての「手錠」とは書きあげられなかった原稿の筆責、「脱走」は書斎増築とおなじ理由からではないかとおもった。その洒落たいいまわしにニヤリとしながら、じぶんのシンプルな安堵感との落差をおもっていた。すべての旅がおわってしまったあと、いま、別の感慨がわいてくるのを感じる。

開高さんはいつもここ、この茅ヶ崎の書斎に帰ってきた。ブラジル・アマゾンからも、極北の海からも、ジンギスカンの草原からも。

心躍る冒険からも、快楽の旅からも——。茅ヶ崎の記念館にのこされた書斎を、そのことをおもいながらながめる。出発点、そしていつも帰ってきた場所として。

増補新版へのあとがき

「本書は、三十三年後になって旅の担当が書いた、『オーパ！』という本の長いオビコピーのようなもの」――そう「あとがき」に書いた本の、新しいあとがきを書くことになろうとは夢にもおもわなかった。

本書『開高健とオーパ！を歩く』の旧版が出版されたあと、東京・杉並に「開高健記念文庫」がオープンした。茅ヶ崎市の「開高健記念館」も内装が新しくなってリスタートした。個人的には二度目の病を得たが復帰し、黙りこくってできるしごとをかさねているうちに開高健とその蔵書をめぐる本がまとまった（『開高健は何をどう読み血肉としたか』二〇二〇年　河出書房新社刊）。

そして、われわれにとって「開高健体験」のはじまりだった単行本『オーパ！』がこのたび完全復刻される。開高健生誕九十年の記念、刊行から四十三年ぶり。

なんという幸福な本だろう。

それにともなって本書も増補新装、カバー写真も一新して出される。筆者としては何より、旧版にもりこめなかった、また新著にも書き切れなかった開高さんとの旅について、新たな章としてて書きくわえることができるよろこびはおおきい。

なお、本書旧版のなかでは開高健をどう呼ぶか迷ったすえ、あえて「小説家」とし、じぶんが開高さんに名を呼ばれる場面では「――くん」を使った。意識的なこだわりではあったが、時間とともに心境が変化した。開高健の輝かしい才能や人間性にたいする尊敬の念は微動もしていないが、開高さんの没年をこえて歳をかさね、ちょっと「そうだね、ご同輩！」的な共感もでてきた。新しくくわえたパートはそうした距離感で書いたことをおことわりしておきます。

この夢のような新展開を逆提案してくださった河出書房新社編集部の西口徹さん、営業部のみなさまに感謝いたします。

二〇二〇年十二月　著者

追記：コロナ下、コロナ後、旅は変貌するのでしょう。「驚きをわすれた心は窓のない部屋に似ていはしまいか。」と書いた開高さんの「面白がる精神」が、その〝窓〟をあけるヒントをあたえてくれると信じます。

＊本書は、二〇一二年二月に小社より刊行された
『開高健とオーパ！を歩く』の増補新版です。

菊池治男

（きくち・はるお）

1949年東京生まれ。早稲田大学文学部卒。1974年集英社入社。「週刊プレイボーイ」を経て、「PLAYBOY日本版」創刊に参加、開高健の担当となる。1977年の『オーパ！』で六十五日間のブラジル・アマゾン取材に同行、以降、アラスカ、カリフォルニア、カナダ、コスタリカ、スリランカ、モンゴルなどの取材旅行で編集担当を務める。開高健との旅は延べ三百数十日に及ぶ。新書、学芸編集部などを経て2010年退社。開高健記念会理事。著書に『開高健は何をどう読み血肉としたか』がある。

写真提供／高橋曻事務所
編集協力／杉本進（面白伝）
資料協力／開高健記念会

開高健とオーパ！を歩く

〈増補新版〉

二〇一二年二月二八日初版発行
二〇二一年一月二〇日増補新版初版印刷
二〇二一年一月三〇日増補新版初版発行

著　者――菊池治男
発行者――小野寺優
発行所――株式会社河出書房新社
〒一五一―〇〇五一
東京都渋谷区千駄ヶ谷二―三二―二
電　話――〇三―三四〇四―一二〇一［営業］
〇三―三四〇四―八六一一［編集］
http://www.kawade.co.jp/
組　版――KAWADE DTP WORKS
印　刷――株式会社亨有堂印刷所
製　本――小泉製本株式会社

Printed in Japan
ISBN978-4-309-02936-8